**김종철** 시인의 작품 세계 02

김종철 시인의 '언어 학교'를 찾아서

김 종 철
시 인 의
작품 세계
02

# 김종철 시인의 '언어 학교'를 찾아서

장경렬

문학수첩

## 김종철 시인의 작품 세계
## 발간에 즈음하여


김종철 시인이 우리 곁을 떠난 지 이제 6년이 되었다. 그럼에도 그가 여전히 우리 곁에 있다는 느낌을, 우리와 함께 호흡하고 있다는 느낌을 떨칠 수 없다. 이는 우리 곁에 그의 시가 있기 때문이다. 김종철 시인은 우리네 평범한 사람들이 삶을 살아가는 동안 마주해야 하는 아픔과 슬픔을, 기쁨과 즐거움을, 부끄러움과 깨달음을 특유의 따뜻하고 살아 있는 시어로 노래함으로써 시의 본질을 구현한 시인으로, 우리 곁을 떠났지만 그는 시를 통해 여전히 우리 곁에 머물러 있는 것이다.

하지만 그가 우리 곁을 떠났다는 엄연한 사실을 어찌 끝까지 외면할 수 있으랴. 이를 외면할 수 없기에 그와 가깝게 지내던 몇몇 사람이 모여 '김종철 시인 기념 사업회'를 결성했고, 시인의 살아생전 창작 활동과 관련하여 나름의 정리 작업을 시도하자는 데 뜻을 모은 것이 오래전이다. 네 해 전에 가족의 도움을 받아 이숭원 교수가 주관하여 출간한『김종철 시 전집』(문학수첩, 2016)은 그와 같은 작업의 결실 가운데 하나다.

김종철 시인 기념 사업회는 여기서 그치지 않고 시인의 작품 세계에 대한 이제까지의 논의를 정리하는 작업과 함께 새로운 논의를 촉진하기 위한 시도를 병행하기로 뜻을 모았다. 그러한 작업의 일환으로 우선 이제까지 이어져 온 김종철 시인의 작품 세계에 대한 논의를 정리하여 매년 한 권씩 소책자 형태로 발간하기로 했다. 그리고 그런 작업의 첫 결실로 앞세우고자 하는 것이 김종철 시인과 둘도 없는 친구 사이였던 김재홍 교수의 김종철 시인 작품론 모음집인『못의 사제, 김종철 시인』이다.

김종철 시인의 작품 세계 발간 작업은 매년 시인의 기일에 맞춰 한 권씩 발간하는 형태로 진행될 것이다. 가능하면 발간 사업의 첫 작품인 김재홍 교수의 평론집과 같이 논자별로 논의를 모으는 형태로 이루어질 것이며, 필요에 따라 여러 논객의 글을 하나로 묶는 형태로도 진행될 것이다. 아울러, 새로운 비평적 안목을 통해 새롭게 시인의 작품을 읽고 평하는 작업을 장려하는 일에도 최선을 다할 것이며, 이 같은 일이 결실을 맺을 때마다 이번에 시작하는 시리즈 발간 작업을 통해 선보이고자 한다.

　많은 분들의 애정 어린 관심과 질책과 지도를 온 마음으로 기대한다.

2020년 5월 말 그 하루 무넙던 날에<br>
김종철 기념 사업회의 이름으로<br>
장경렬 씀

# 김종철 시인과의 만남을 회고하며

김종철 시인이 저의 고등학교 선배이자 우리나라 해운업계를 대표하는 인물 가운데 한 분인 주식회사 흥해興海의 배동진 회장과 해외 휴양지에서 휴가 여행을 하는 도중 우연히 만났다는 이야기를, 곧 두 분 사이가 '형님과 아우'로 발전했다는 이야기를, 그리고 친해진 후에 두 분의 공동 화제 가운데 하나로 우연히 제 이름이 올랐다는 이야기를 듣고 나서 얼마 후의 일입니다. 시를 지극히 사랑하여 스스로 시를 짓기도 하는 'CEO'(경영 최고 책임자)이기에 '시詩이오'를 자처하는 배동진 회장과 의기투합한 김종철 시인이 '공동 모의'하여, 2009년 9월 5일 인천 앞바다에서 이른바 '선상 시 낭송회'를 갖게 되었지요. 수많은 시인이 함께한 그 모임에 저도 일원이 되어 즐거운 시간을 보낸 뒤에 저녁식사를 하는 자리에 서였습니다. 얼마 전에 출간된 시집에 대한 저의 논의를 문제 삼아 시인이 웃음기를 입가에 띤 채 저에게 이렇게 말하는 것이었어요. "장 교수가 나를 '못의 사제'로 임명했으니, 당신이 추기경이요, 뭐요?" 사실 시인의 그런 농담에 저는 제가 그를 '못의 사제'로 '임명한' 최초의 독자인 줄 알았습니다. 알고 보니, 제가 그런 이야기를 한 최초의 독자는 아니더군요. 그냥 자리를 즐겁게 이끌기 위한 시인의 농담이었지요.

아무튼, '추기경'이라는 가당치 않은 직함을 저에게 선사한 시인은 농담 삼아 저를 가끔 그렇게 불렀지요. 그리고 얼마 후에 다시금 배 회장의 안내로 저희가 함께 경상북도 문경 지방을 여행할 때였습니다. 그런데 그곳의 한 농가를 찾았다가 헛간의 벽에 걸려 있는 묘한 '예술품'과 만나게 되었지요. 통나무를 잘라 낸 둥근 나무판 위에 무수한 못이 박혀 있는 것이었습니다. 녹이 슨 못이, 곧은 못뿐만 아니라 구부러진 못이 무수하게 박혀 있는 그 '예술품' 앞으로 저를 이끈 뒤 시인은 그것이 자신의 시 세계를 예술품으로 형상화한 것이 아니겠냐며, 이를 구입해서 자신의 사무실 벽에 걸어 놓는 것이 어떻겠냐고 물었습니다. 이에 제가 농담 삼아 '추기경 자격'을 들먹이며 몇 마디 했지요. '추기경 자격으로 말하건대, 시인이 못의 사제임은 대충 잘라 낸 나무판에 아무렇게나 못을 박아 놓듯 임의적으로 못을 노래한 시인이기 때문이 아니다'라고. '멋지긴 하나, 시인의 시 세계는 그 이상'이라고. '견줄 수 없다'고. 저의 그런 말 때문이었는지 몰라도 시인은 구입을 포기했고, 추측건대 그 '예술품'은 여전히 그곳 시골 농가의 헛간에 걸려 있을 겁니다. 지금 와서 생각하니, 제가 지나치게 '교과서적'이었던 것 같습니다. 의식적으로든 무의식적으로든, 임의로든 고의로든, 인간의 마음 여기저기에 못을 박는 존재들, 그리고 때로 우리들 자신이 그런 못과 같은 존재임을 깨닫는 것이야말로 시인이 그처럼 진지하게 시적 형상화를 시도했던 주제가 아닌가요? 저의 어쭙잖은 말이 그때 농가에서 보았던 녹슨 못들처럼 제 마음을 찌릅니다.

　못에 대한 이야기로 제가 시인을 추억하며 잊을 수 없는 일이 또 하나 있습니다. 시인이 세상을 뜨기 얼마 전 도쿄에 머물면서 창작한 일본군 위안부 시편과 관련하여 저에게 이렇게 이야기했지요. "앞으로 살아 있는 동안, 못이 그 어느 때보다 더 일관되게 내 시의 주제가 될 것이오. 도쿄에서 썼던 시를 보며 장 교수도 감지했겠지만, 못에 대한 속담이든 경구든 그것이 내 시의 주제가 될 것이오." 시인의 그 말에 저는 이 세상을 떠도는 세계 각국의 못에 관한 속담이든 경구든 시의 주제가 될 만한 것을 100여 개가량 취사선택해서 전했지요. 그것을 받아 보고 기꺼워하던 시인의 표정이, 예의 그 밝고 환한 얼굴 표정이 지금도 제 마음의 눈앞에 생생합니다. 하지만 그 많은 속담과 경구를 시로 형상화하기 전에 시인은 우리 곁을 떠났습니다. 그가 '못의 사제'로서 앞으로 펼쳐 보였을 법한 시 세계의 깊이와 넓이는 이제 더 이상 확인할 길이 없게 되었습니다. 안타까울 따름입니다.

그처럼 온갖 일을 떠올리게 하는 김종철 시인과의 만남은 수많은 문인과의 만남이 그러하듯 어쩌다 문단 행사의 자리에서 대면하고 인사를 주고받는 것으로 시작된 것이 아닙니다. 그러니까, 2002년 2학기 강의가 끝날 무렵이었습니다. 저녁 5시부터 시작되는 강의를 위해 교재를 챙기고 연구실을 나가려는데 전화가 왔지요. 전화를 주신 분은 인하대학교에서 가깝게 지내던 김재홍 교수였습니다. 지난 1980년대 말에 제가 인하대학교에서 서울대학교로 직장을 옮기기 바로 얼마 전에 김 교수도 경희대학교로 직장을 옮겼기 때문에, 우리는 그전처럼 자리를 함께할 기회가 없었습니다. 그런 형편이다 보니, 오랜만에 듣는 김 교수의 목소리가 더할 수 없이 반가웠지요. 반가움에 들뜬 목소리로 안부를 물은 뒤에 자주 뵙지 못해 아쉽다고 말하자, 김 교수가 이제 자주 볼 일이 생겼다면서 문학수첩이라는 출판사에서 문예지를 창간하려고 하는데 편집에 함께 참여할 생각이 없냐는 것이었습니다. 그의 제안에 저는 즉석에서 '김재홍 교수께서 하시는 일이라면 그것이 어떤 일이든 기꺼이 함께할 것'이라고 화답했습니다. 그렇게 대화를 끝내고 강의실로 가서 강의를 하다가 한 시간가량이 지난 후 10분 동안 휴식 시간을 갖기로 하고 다시 연구실로 돌아왔습니다. 연구실로 돌아와서 잠깐 휴식을 취하는 사이에 전화벨이 다시 울렸습니다. 받고 보니 대학 시절부터 가깝게 지내는 이인성 교수의 전화였어요. 이 교수는 그 당시 얼마 전에 창간한 문예지 『문학판』의 편집 일을 맡아 하고 있었는데, 저에게 그 문예지 편집에 동참할 것을 제안했습니다.

어찌 이런 일이! 한 시간 정도의 간격을 두고 두 곳에서 문예지 편집 일을 제안 받은 것입니다. 두 문예지에서 동시에 편집 일을 한다는 것은 모양새가 좋아 보이지 않기에, 저는 순간 당황하지 않을 수 없었습니다. 하나를 선택해야 한다는 생각이 들었지요. 솔직히 말해, 지나가는 말이긴 했지만 이 교수가 오래전에 문예지 편집 일을 함께하자는 말을 건넨 적이 있어서, 그리고 그럴 기회가 오면 함께 힘을 모아 보자고 제 자신이 말을 한 적이 있어서, 그의 제안을 뿌리치기 어려웠습니다. 그리하여 곧바로 김 교수에게 전화를 올렸습니다. 사정을 이야기한 다음에 저를 편집위원에서 제외해 달라는 부탁의 말씀을 올리자 김 교수는 이렇게 말했지요. "이미 문학수첩의 김종철 사장에게 장 교수가 편집 일을 함께하기로 했다고 말했는데, 나로서는 이를 뒤집는 말을 전하기 쉽지 않군요. 창간 준비를 위한 만남의 자리가 곧 이루어질 터이니, 그때 직접 김종철 사장을 만나 양해의 말을 한 다음에 빠지는 것이 어떻겠소?"

하기야 한 시간 만에 결정을 뒤집는 제 처신이 옳아 보이지 않는 것도 사실이었기에, 직접 만나 사정을 이야기하고 빠지기로 마음을 먹었습니다. 그렇게 해서, 구舊반포 삼거리에 있는 건물 이층의 일식집에서 시인이자 출판사 문학수첩의 대표인 김종철 시인과의 첫 만남이 이루어지게 되었습니다. 인사를 나누고 사정상 창간하고자 하는 문예지 편집 일을 함께할 수 없게 되어 죄송하다는 말을 전하자, 그가 환한 웃음을 입가에 담고 말했습니다. "아무튼, 여기까지 왔으니 자리를 함께합시다." 그리하여 저는 '참관인 자격'으로 문예지 창간을 위해 모인 분들과 자리를 함께하게 되었습니다. 김 교수의 주재 아래 많은 이야기가 오가다 논의의 초점이 문예지의 명칭을 무엇으로 정할 것인가로 모아졌습니다. 이러저러한 멋진 명칭이 오갔을 때 제가 슬그머니 논의에 끼어들어, 출판사의 사명이 문학수첩인 만큼 그 이름을 그대로 살린 '문학수첩'이 창간 예정인 문예지 명칭으로 더할 수 없이 적절하지 않겠냐는 의견을 내놓았습니다. 이에 그 자리에 모인 분들의 의견이 곧 모아졌습니다. 문예지 명칭이 출판사의 사명과 동일한 '문학수첩'이 된 것은 이런 연유에서였습니다.

만남의 자리가 끝나고 헤어질 때 김종철 시인은 저에게 이렇게 말했습니다. "잡지의 이름을 정하는 데 결정적인 역할을 한 장 교수가 편집에서 빠지겠다니, 그게 말이 되오? 그냥 편집위원을 하소. 편집위원의 임기는 2년으로 정했으니, 2년만 일하고 장 교수 하고 싶은 대로 하시오." 이렇게 해서, 저는 2003년 봄에 창간된 『문학수첩』의 전체적인 체제를 짜는 일뿐만 아니라 표지 디자인에도 적극 관여하는 등, 김종철 시인과 인연을 맺게 되었습니다.

그렇게 해서 맺어진 김종철 시인과 저의 인연은 그가 세상을 떠나던 해인 2014년 5월까지 이어졌습니다. 그동안 저에게는 『문학수첩』의 편집위원 임기를 마친 후에도 그와 함께 일할 시간이 아주 많았습니다. 무엇보다 『문학수첩』을 휴간한 뒤에 『시인수첩』으로 재창간할 때도 저는 다시 초대 편집위원으로 일을 하게 되었습니다. 뿐만 아니라, 조선일보에서 주관하고 문학수첩이 후원하는 '판타지 문학상'의 심사를 이끌어 갈 것을 시인이 저에게 요청함으로써, 우리의 공적인 만남은 계속 이어졌습니다. 공적인 만남은 그것으로 그치지 않았습니다. 김 시인이 신병 치료차 일본을 다녀온 뒤 시인협회 회장의 직책을 맡게 되었을 때 저를 세 명의 '평론 분과 자문위원' 가운데 하나로 이름을 추천하여, 이 때문에도 공적인 만남의 자리는 끊이지 않게 되었습니다.

　하지만 공적인 만남의 자리에서 만난 출판사 대표 또는 시인협회 회장 김종철보다 저에게 한층 더 소중하게 기억되는 것은 사적인 자리에서 만난 시인 김종철, 아니, 인간 김종철입니다. 인간 김종철과 참으로 많은 시간을 함께했습니다. 무엇보다 용산에 있던 문학수첩의 사옥을 수도 없이 드나들며 그 근처에서 함께했던 술자리들이 떠오르네요. 용산 사옥이 매각된 후인 2010년대에는 주로 강남 지역에서 만나 술

자리를 이어가곤 했습니다. 그러는 가운데 우리는 문학에 관해서든 일상의 삶에 관해서든 수많은 이야기를 나눴고, 때로 서로의 글을 주고받고 나름의 생각과 판단을 나누기도 했습니다.

그처럼 자주 만나 시간을 보냈지만, 우리 사이에는 기질 면에서든 취향 면에서든 공통점이라고는 별로 없었습니다. 굳이 찾자면, 쉽게 열을 내어 목소리를 높이지만 언제 그랬냐는 듯 곧 풀리는 다혈질의 성격이라는 점이 비슷하긴 하네요. 그리고 보니, 취향 면에서도 통하던 것이 하나 있긴 하네요. 우리 둘은 잔치국수를 무척 좋아했습니다. 아마도 어렸을 적에 우리가 살아온 삶의 환경과 관계되는 것이겠지요. 아무튼, 용산에 문학수첩의 사옥이 있었을 때 그곳에서 만나면, 우리는 사옥 근처의 재래시장 안의 한 잔치국숫집을 때마다 즐겨 찾곤 했습니다. 시인과 함께 찾았던 잔치국숫집, 지금은 없어진 재래시장 안의 그 허름한 잔치국숫집의 내부 정경을 기억에 떠올리노라니, 문득 옛일이 하나 기억나네요.

제가 방문학자 자격으로 미국 시애틀에 있는 워싱턴 대학을 다녀온 2005년 봄의 일이었습니다. 용산의 사옥에 시인을 만나러 갔다가 찾은 잔치국숫집에서 그가 사적으로 부탁할 일이 있다고 했습니다. 무슨 일인가를 묻자, 그의 형님인 김종해 시인과 함께 어머니를 추억하는 시편—말하자면, 사모곡—을 모아 책으로 출간할 계획임을 밝히면서, 저에게 작품론을 부탁했습니다. 이에 기꺼운 마음으로 글을 쓰기로 했지만, 두 시인의 따뜻하고 정감이 넘치는 작품들을 읽고 저는 글을 어떻게 시작해야 할지 몰라 한참 동안 헤맸습니다. '어머니'가 주제인 시 모음집에 관한 글을 평소 제가 작품론을 쓸 때처럼 문학적인 것이든 문학외적인 것이든 무언가 무거운 이론적 논의로 시작하는 것이 적절치 않으리라는 생각을 떨칠 수 없었기 때문입니다. 결국 고심 끝에 저의 어머니에 대한 제 자신의 사적私的인 이야기를 앞세우는 것으로 시작하는 글을 썼습니다. 사실 누군가의 작품에 관한 글을 쓸 때 해당 문인과 관련이 있든 없든 제 일상의 삶이나 신변 이야기로 시작하는 작품론을 쓴 것은 그것이 처음이었습니다. 아무튼, 어렵게 글을 마쳐 송고하고 며칠 후에 시인과 만났습니다. 예의 그 잔치국숫집으로 가서 자리를 잡고 앉아 국수를 주문하고 나서였습니다. 평소처럼 환한 웃음을 입가에 담고 이런저런 이야기를 하던 시인이 사모곡 시 모음집으로 화제가 바뀌자 웃음기를 거두고는 이렇게 말했습니다. "장 교수의 글을 읽는 동안 어느 순간 나도 모르게 목이 메더군." 아아, 지금도 제 기억에는 그때 혼잣말을 하듯 짧게 말을 건넸을 때의 그의 표정과 목소리가, 그리고 그때 우리를 둘러싸고 있던 국숫집 안의 정경이 생생합니다. 솔직히 말해, 저의 입장에서는 처음 시도하는 유형의 글쓰기였기에 은근히 걱정이 되었던 것도 사실입니다. 하지만 시인의 그와 같은 간접적인 평에 힘입어 저는 누군가의 작품론을 쓸 때 이제까지 원칙이라도 되는 양 고수했던 제 나름의 글쓰기 관행을 포기할 수 있었습니다. 말하자면, 정색을 한 채 이론적 논의로 직핍直逼하는 글쓰기 관행을 포기하고, 이전과 달리 대상 시인이나 작가와 관계가 있든 없든 제 일상과 신변의 이야기로 자유롭게 작품론을 시작할 수 있게 되었던 것입니다. 요컨대, 글쓰기의 관행 자체를 결정적으로 바꾸도록 이끈 것이 김종철 시인의 아주 간명한 한마디의 말이었습니다.

그렇게 사적인 만남을 이어가는 동안, 우리는 일본, 중국, 미국에 이르기까지 세 차례나 해외 여행을 함께했습니다. 사실 어느 문인과도 그처럼 여러 번 해외 여행을 함께한 적이 없습니다. 우리의 첫 해외 여행지인 일본에 갔을 때의 일이 기억나는군요. 지난 2003년 초에 『문학수첩』의 창간을 기념하여 떠난 여행이었지요. 여행 도중 일본 미에현三重県에 있는 바닷가의 어느 한 호텔에 머물 때였습니다. 창문으로 태평양이 한눈에 들어오는 호텔 방의 창가에서 바다를 바라보며 서 있었는데, 시인이 저에게 메모지를 한 장 내밀었지요. 메모지에는 시인이 호텔 방에서 태평양을 바라보며 쓴 짤막한 즉흥시가 담겨 있었습니다. 바닷물의 움직임과 파돗소리에 관한 것으로 어렴풋이 기억할 뿐 그 시의 구체적인 내용은 이제 제 머릿속에서 사라졌습니다. 메모지를 도로 건네며 제가 말했습니다. '이대로 발표해도 될 정도로 시가 멋지고 깔끔하다'고. 하지만 부산스럽게 호텔을 나와 대절 버스를 타고 이세신궁伊勢神宮이 있는 쪽으로 이동하는 도중 옆에 앉았던 시인이 말했습니다. "우짤꼬, 메모지를 두고 왔네!" 버스를 다시 호텔 쪽으로 돌리자고 하고 싶을 만큼 저에게는 그 메모지에 담긴 시가 아까웠습니다. 하지만 시인은 예의 환한 미소를 입가에 띤 채 말했습니다. "아쉽긴 하지만, 기억을 되살려 다시 쓰면 되지, 뭐." 그런데 여행을 다녀와서 두어 주가 지났을 무렵 사무실을 찾은 저에게 시인이 놀랍게도 문제의 그 메모지를 내보이는 것 아니겠습니까? "장 교수, 우째 이런 일이 있을 수 있겠소! 우리가 묵었던 일본의 호텔에서 편지가 와서 열어 보니, 바로 이 메모지가 들어 있는 것 아니겠소?" 저는 그의 말에 제 일처럼 기뻐했습니다.

시인이 저희 곁을 떠났다는 비보를 접하고 저는 한 장의 메모지에 얽힌 그 옛날의 추억을 떠올리며 상념에 잠기기도 했습니다. 생각지도 않았던 메모지가 일본에서 돌아왔듯, 그도 아무 일 없었다는 듯 예의 그 환한 웃음과 함께 우리 곁으로 돌아오는 기적이 일어난다면! 옛날의 기억을 되살리고는 잠깐 그런 생각에 잠긴 뒤입니다. 혹시 시기적으로 그 이후에 발간된 시집 어딘가에 문제의 시가 수록되어 있지 않을까 하여 새삼스럽게 찾아보았지만 헛된 일이었습니다. 어쩌면 시인이 남긴 유품 속에 아직 그 시가 담긴 메모지가 잠자고 있을지도 모르지요.

짧다면 짧고 길다면 긴 세월 김종철 시인과 함께하는 동안에 쌓인 추억을 어찌 글로 다 남길 수 있겠습니까? 그럼에도 그와 했던 약속에 대해서는 밝히고 넘어가지 않을 수 없네요. 시인은 월남에 파병될 때 가지고 가서 외울 정도로 읽고 또 읽었던 칼릴 지브란의 『예언자』를 제가 번역한 것으로 다시 읽어 보고 싶다는 말을 언제부터인가 때마다 하곤 했습니다. 심지어 길을 가다가도 그는 그 이야기를 하곤 했습니다. 어느 날 저녁식사 자리를 향해 함께 걸음을 옮기던 도중 사옥 근처의 용산 우체국 앞을 지날 때였지요. 그 근처에서 언뜻 걸음을 멈춘 시인이 『예언자』의 한 구절을 읊조렸습니다.

그리고 저에게 다시 번역 이야기를 꺼냈지요. 한 장의 사진처럼 그때의 정경이 제 기억에 남아 있지만, 그리고 그때에도 곧 시간을 내서 번역을 하겠다고 약속했지만, 저는 아직 그 약속을 지키지 못했습니다.

시인이 저에게 부탁했지만 제가 하지 못한 일이 또 하나 있습니다. 시인에게 이미 영역 시집이 있긴 했지만, 그는 자신의 작품을 저의 판단에 따라 선정한 다음 영역해 줄 것을 부탁하곤 했지요. 사실 2013년 7월 8일 조선일보 주관 문학수첩 후원의 제5회 판타지 문학상 시상식을 마친 뒤에 마포의 한 음식점으로 자리를 옮긴 시인과 저는 시인의 시에 대한 영역 문제를 놓고 논의를 시작했었습니다. 하지만 곧 두어 분의 문인이 자리를 함께하게 되자, 자리가 자리인 만큼 구체적인 이야기는 다음에 단둘이 만나서 이어가기로 했지요. (그날 비가 추적추적 내렸던 것까지 기억에 생생합니다.) 그리고 얼마 후에 놀랍게도 그의 와병 소식을 듣게 되었지요. 시인이 일본에 건너가서 치료를 받고 돌아온 뒤에 여러 번 둘이 자리를 함께했지만, 그 어느 자리에서도 당면 과제가 아닌 영역에 관한 논의는 꺼내지 않았습니다. 설사 시인이 그에 관한 논의를 꺼냈다고 해도 제가 만류했을 것입니다. 그리 급하지 않은 일이라는 것이 제 생각이었기 때문입니다.

아무튼, 2014년 5월 초에 김종철 시인과 만나 시인협회 일을 논의할 때까지만 해도 전혀 예상치 않았던 일이 일어나고 말았습니다. 병마에서 벗어난 것으로 철석같이 믿었던 시인이 저희를 뒤에 남겨 두고 세상을 떠난 것입니다. 그가 그처럼 갑작스럽게 저희 곁을 떠난 뒤에 저는 그와의 약속을 놓고 많은 생각을 하지 않을 수 없었습니다. 생각을 거듭한 끝에 그의 작품에 대한 영역 문제는 저보다 젊은 영문학자에게 숙제로 남기는 쪽을 택하기로 했습니다. 시도하자는 쪽으로 마음이 기울었던 것은 사실이지만, 여러 면에서 제 능력으로 감당하기 어려운 숙제라는 생각을 지울 수 없었기 때문입니다. 하지만 『예언자』를 번역하기로 했던 일은 좀처럼 저에게 마음의 정리를 허락하지 않더군요. 그리고 그런 제 마음은 지금도 여전합니다. 이미 헤아릴 수 없이 많은 번역본이 시중을 떠돌고 있긴 하지만 타고르의 『기탄잘리』(열린책들, 2010)를 번역하여 책으로 출간한 적이 있듯, 이를 번역하여 책으로 출간한 뒤 절두산 부활의 집에 안치되어 있는 김종철 시인의 영정 앞에 올리자는 마음은 아직도 여전합니다.

이처럼 방학숙제를 포기하거나 뒤로 미루는 어린아이처럼 제가 세월을 보내는 사이 어느덧 시인이 저희 곁을 떠난 지 7년이나 되었습니다. 그처럼 무심하게 세월이 흐르는 동안 저는 내내 제가 문학적으로든 인간적으로든 시인에게 진 마음의 빚을 갚기 위한 과제를 하나 생각해 왔습니다. 이는 그의 시 세계와 관련하여 그동안 제가 쓴 글을 한자리에 모아 정리하는 작업입니다. 사실 그동안 시인의 시와 관련하여 쓴 글은 앞서 이야기한 형제 시인의 사모곡 모음집인 『어머니, 우리 어머니』(문학수첩, 2005)에 수록한 글을 비롯하여, 2006년의 김종철 시인 추모 모임을 위해 쓴 글에 이르기까지 모두 일곱 편이나 됩니다.

1. 「세상의 모든 "엄마"를 생각하며―『어머니, 우리 어머니』에 부쳐」, 『어머니 우리 어머니』(문학수첩, 2005), 136-149쪽.

2. 「'사랑'의 시어에서 '빈 몸'의 시어까지: '언어 학교'에서 시인 김종철이 배운 것」, 『계간문예』 통권7호 (2007년 봄), 38-66쪽.

3. 「세상의 모든 못과 '못의 사제'―김종철 시인의 시 세계에 담긴 못의 의미를 찾아서」, 『문학수첩』 통권26호 (2009년 여름), 420-434쪽.

4. 「김종철의 "모기 순례"가 우리에게 일깨우는 것」, 『시인수첩』 통권2호 (2011년 가을), 246-261쪽.

5. 「"알려지지 않은 사실"과 시인의 의무―김종철 시인의 "못을

바라보는 여섯 개의 통시적 시선"에 대하여」, 『시인수첩』 통권
8호 (2014년 봄), 27-46쪽.

6. 「'무두정'無頭頂이 의미하는 것: 김종철 시인의 유고 시집 『절
두산 부활의 집』에 덧붙여」, 『시와시학』 통권97호 (2015년 봄),
125-137쪽.

7. 「'물'의 이미지를 찾아서: 김종철 시인의 「두 개의 소리」에서
「목마름에 대하여」까지」, 『시인수첩』 통권49호 (2016년 여름),
207-223쪽.

여기에다 김재홍 교수가 그동안 쓴 김종철 시인의 작품 세
계에 대한 논의를 제 나름대로 되짚어 본 글까지 있습니다.
『시와시학』 통권109호(2018년 봄)의 40-52쪽에 수록되어 있는
「'머리'와 '마음'의 조화로운 합일의 평론 앞에서—김재홍 교
수의 평론 세계에 대한 소고」가 바로 그것입니다. 저의 소박
한 생각이긴 합니다만, 저는 시인의 작품에 대한 김 교수의
논의를 되짚어 보는 가운데 김 교수의 평론이 지니는 특성뿐
만 아니라 김종철 시인의 시 세계를 새롭게 조망할 수 있고,
과외로 두 문인 사이의 우정이 문단에서 갖는 특별한 의미를
가늠해 볼 수 있으리라고 생각했습니다. 말하자면, 김재홍
교수의 평론가적 글쓰기의 특징을 가늠해 보는 동시에, 김종

철 시인의 시 세계에 대한 조망까지 새로운 각도에서 시도해 보는 것 이상의 의미를 갖는 글을 쓸 수도 있으리라는 쪽으로 생각이 모아졌던 것입니다. 그런 생각으로 제가 썼던 글을 바탕으로 하되, 김종철 시인과 김재홍 교수의 우의를 가늠케 하는 일화 및 김 교수의 김종철 시인 작품론에 대한 논의를 제 나름대로 일부를 고쳐 쓰고 재구성하여 지금 기획하는 제 자신의 '김종철 시인의 시 읽기'의 말미에 보론補論의 형태로 싣고자 합니다.

이미 발표한 글들을 묶는 자리이긴 하지만, 저는 애초 시인의 작품 세계를 전체적으로 아우르는 '포괄적인 작품론 모음집'을 꾸미고자 하는 의도에서 글의 순서를 조정할 뿐만 아니라 내용을 수정하고, 필요하다면 새롭게 글을 더할 계획이었습니다. 하지만 제가 그동안 쓴 글을 전체적으로 다시 읽고 일부 내용과 표현을 수정하는 선에서, 또한 전체적인 체제에 맞춰 글의 제목을 조정하는 선에서 작업을 마무리하더라도 크게 모자람이 없을지도 모르겠다는 쪽으로 판단이 기울게 되었습니다. 바로 그 결과가 제가 상제上梓하는 현재의 '김종철 시인의 시 세계 읽기'입니다. (참고로 한 말씀 더 드리자면, 저의 '김종철 시인의 시 세계 읽기'에 인용된 시인의 시 텍스트 가운데 극히 일부의 표현이나 맞춤법은 2016년에 문학수첩에서 출간된

『김종철 시 전집』에 수록되어 있는 것과 정확하게 일치하지 않는 것이 있을 수 있습니다. 이는 작품론을 쓸 당시에 시인과 상의하여 원래의 시집에 나오는 텍스트의 자구를 수정한 곳도 있기 때문이며, 새로 지은 작품을 저에게 보였을 때 함께 논의하고 수정한 곳도 있기 때문입니다. '일본군 위안부 시편'이 후자에 속하는데, 이에 관한 글을 쓸 때 저는 적지 않은 물음을 시인에게 던졌고, 이에 따라 표현과 시구 하나하나를 놓고 상의한 끝에 여러 곳을 다듬기도 하고 고치기도 했습니다. 그리고 저는 그렇게 해서 마련된 원고를 바탕으로 하여 글을 썼지만, 그 원고가 '그대로' 시 전집의 텍스트가 되었는지는 확인하지 못했습니다. 만일 시 전집에 수록된 시 텍스트와 제가 인용한 시 텍스트 사이에 정확하게 일치하지 않는 부분이 있다면 이에 따른 것이니, 혜량하여 주시기 바랍니다.)

글의 순서에 대해서도 말씀드리겠습니다. 『계간문예』에 수록된 둘째 글이 그 무렵까지 시인이 등단하여 발표한 작품에 대한 일종의 전체적인 개관이라는 점에서, 그리고 셋째 글에서 여섯째 글까지 그가 이후에 작품으로 발표하든 시집으로 출간하든 이와 동일한 시간적 궤적을 밟고 있다는 점에서, 별도로 글의 순서를 조정하는 일은 필요하지 않을 수 있다는 데 생각이 미쳤습니다.

다만 시인을 추모하는 모임의 자리에서 발표한 마지막 글은 그동안 시인의 작품 세계에 대한 논의 과정에 간과한 것이 무엇인가를 찾고자 했다는 점에서 일종의 '되돌아보기'에 해당하는 것이기에, 이를 어느 위치에 놓을 것인가에 대해 고심하지 않을 수 없었습니다. 하지만 '되돌아보기'로서의 역할을 하는 것이 이 글이라는 생각에 여전히 글의 순서에 변화를 주지 않기로 했습니다. 문제는 이뿐이 아니었습니다. 앞서 언급한 형제 시인의 사모곡에 대한 작품론을 포함할 것인가, 김종철 시인의 작품 세계에만 국한되지 않은 이 글을 포함한다면 어느 위치에 놓을 것인가의 문제가 저를 괴롭혔습니다. 고심 끝에 이를 수록할 뿐만 아니라 본문의 맨 앞자리에 올리기로 했습니다. 이 글은 제가 시인의 시를 읽고 시도한 첫 작품론이기 때문입니다. 어찌 보면, 시인의 작품 세계에 본격적으로 들어서는 데 일종의 '관문'과도 같은 역할을 한 글이기 때문입니다. 여기에다가 제 자신의 사적인 이유를 한마디 첨가하자면, 앞서 말했듯 제 자신의 글쓰기 관행에 결정적인 변화의 계기가 된 글이기 때문입니다.

내친 김에 제가 저의 '김종철 시인의 시 읽기'에 부친 제목에 관해서도 잠깐 말씀드리겠습니다. 오래전에 시인의 초기 작품들을 검토하는 과정에 저는 "언어 학교에서 내가 맨 처음 배운 것은 바다"라는 시인의 시적 진술과 마주한 적이 있습니다. 저는 이 진술에 담긴 "언어 학교"라는 표현에 매료되어 한동안 이에 제 마음의 눈길을 떼지 못했었습니다. 그리고 '언어 학교에서 바다를 배운다'는 진술을 놓고 이런저런 생각을 이어가기도 했습니다. 이때의 '언어 학교'란 단순히 '언어활동이 이루어지는 인간 세상'을 지시하는 것이 아니겠지요. 그보다는 '시인이 마주한 인간 세상과 그 세상 속 인간의 삶을 시화(詩化)하는 그만의 과정'을 암시하는 것, 마치 공부하는 학생이 거쳐야 하는 배움의 과정처럼 그에 대한 시화의 과정이 이어지는 '그만의 시 창작의 현장'을 지시하는 것으로 볼 수 있지 않을까요? 어찌 보면, 이는 '문학도로서 시인 김종철이 오랜 편력을 이어가던 그만의 삶과 창작의 현장'을 의미하는 것일 수도 있겠지요. 그리고 그 현장으로 우리를 안내하는 것, 또는 그 현장을 있는 그대로 담고 있는 것이 다름 아닌 그의 시 세계가 아닐까요? 제가 시인의 '언어 학교'라는 표현을 살려 저의 이번 '김종철 시인의 시 읽기'의 제목을 "김종철 시인의 '언어 학교'를 찾아서"로 정한 것은 이런 생각에 따른 것입니다.

스스로 저에게 부과한 숙제를 하는 동안에도 줄곧 저의 마음에서 떠나지 않는 작은 일이 하나 있는데, 이를 이야기하는 것으로 장황한 저의 머리말을 마감하고자 합니다. 병마와 투쟁하던 분이라고는 전혀 느껴지지 않을 만큼 활기찬 김종철 시인과 마지막으로 만났던 때, 그러니까 앞서 말했듯 시인협회의 일로 2014년 5월 초─정확하게 날짜를 짚어 보자면, 2014년 5월 7일─에 운현궁 뒤편에 있는 시인협회 사무실에서 시인협회 주관의 '시의 달 행사'를 기획하는 회의를 끝내고 옮긴 저녁식사 자리에서였습니다. (아아, 어찌 그것이 마지막 만남이 될 줄 알았으랴!) 저에게 술을 권하며 밝은 어조로 그가 불쑥 물었습니다. "텍사스 장, 텍사스라는 말의 뜻이 무엇이오?" 무엇보다 '텍사스 장'이라니요? 문학 세미나 참석을 위해 캘리포니아의 로스앤젤레스를 함께 찾았을 때의 일이지요. 세미나 주최 측의 배려로 로스앤젤레스에서 사막 지대인 데스밸리를 지나 산중 휴양지인 맘모스 호수 지역 및 숲과 기암절벽의 요세미티까지 관광 여행을 하는 도중이었습니다. 어쩌다 제가 유학 생활을 하던 곳이 텍사스임을 알고는 시인이 농 삼아 이렇게 물었습니다. "여기 캘리포니아엔 없는 게 없는 것 같은데, 거긴 카우보이 말고 뭐가 있소?" 그때 저의 답변은 '있을 건 다 있는데, 서울에 텍사스가 있는 것과 달리 그곳엔 서울이 없다'였지요. 이어서 『파리, 텍사스』라는 영화에서 보듯 거기엔 파리도 있고, 심지어 모스크바까지 있다'는 설명을 제가 덧붙였습니다. (실제로 텍사스에는 '파리'라는 지명도 있고, '모스크바'라는 지명도 있습니다.) 저의 그런 썰렁한 답변에 시인이 껄껄 웃으면서 물었습니다. "텍사스가 전 세계요, 뭐요?" 이에 저는 '텍사스 사람들이란 전 세계에서 최고로 큰 것이나 최고로 멋진 건 그것이 뭐든 다 텍사스에 있다고 믿는 촌놈들'이라고 말했지요. 그러자 시인이 웃음기를 입가에서 지우지 않은 채 말을 이었습니다. "텍사스엔 있을 게 다 있다고 말하는 걸 보니, 장 교수야말로 텍사스 촌놈이로군." 곧이어 저에게 붙인 별명이 '텍사스 장'이었습니다. (문득 중국 여행을 함께하는 도중 제가 쓰고 다니던 모자가 영화 『인디애나 존스』의 주인공인 인디애나 존스의 것과 비슷하다고 하여 저에게 '인디애나 장스'라는 별명을 붙였던 일도 떠오르네요.) 아무튼, 시인은 가끔 흥이 날 때면 '텍사스 촌놈'이라는 암시를 담은 '텍사스 장'이라는 별명으로 저를 놀리곤 했습니다. 그날의 물음도 그런 식으로 저를 놀리다가 던진 것이었습니다.

그런데 문제는 제가 그때까지 텍사스라는 말의 뜻을 모르고 있었다는 데 있습니다. 사실 텍사스가 멕시코의 영토였다가 독립 국가가 된 뒤 곧 자진해서 미국의 일부가 되었다는 역사적 사실을 아는 정도였습니다. 스페인어로 '테하스'로 불리는 텍사스라는 말의 어원이 무엇인가에 대해서는 궁금증

조차 가져 본 적이 없지요. 그런데 시인의 갑작스러운 질문에 저 역시 그 뜻이 궁금했습니다. 그래서 그날 밤 집에 오자마자 찾아보았습니다. 알고 보니, '텍사스'라는 명칭은 인디언 부족 가운데 하나인 카도 부족의 말에서 나온 것이라고 합니다. 그리고 여기에는 '친구들, 동지들, 동맹자들'이라는 멋진 뜻이 담겨 있음을 알게 되었지요. 카도 부족의 사람들이 백인들과 처음 마주했을 때 했던 말에 그 어원이 있다고 합니다.

다음에 만나면 시인에게 텍사스라는 말에 담긴 뜻이 얼마나 멋진 것인가를 말해 주려 했습니다. 그런데 이것이 도대체 어찌된 일입니까? 그럴 기회가 영영 사라져 버린 것입니다.


삶이란 이처럼 아쉬움과 안타까움과 슬픔과 미련未練을 마음 한가득 담은 채 이어가는 것 아니겠어요? 그리고 때로 당신 위로 생각해 왔던 이의 부재不在에 때마다 다시금 마음 아파하는 것이 우리네 삶이겠지요.


이번의 시론 모음집이 책으로 묶여 나올 수 있게 된 것은 김종철 시인의 시에 자주 등장하는 '시인의 아내'이자 현재 ㈜문학수첩을 시인과 마찬가지로 여일하고 탄탄하게 이끌어

가는 강봉자 대표 덕분입니다. 고개 숙여 깊이 감사의 인사를 올립니다. 아울러, 편집과 교정에 정성을 다해 준 문학수첩의 김상진 편집부장에게도 따뜻한 감사의 마음을 전합니다.

2021년 봄에
장경렬 씀

목차

# 세상의 모든 '엄마'를 생각하며

— 김종해와 김종철 형제 시인의 사모곡과 사랑의 언어

## 1. "엄마"라는 신비로운 '부름' 앞에서

내 나이 다섯 살 때의 일이다. 집안 사정으로 인해 당시 나는 외가댁에 맡겨져 있었다. 외가댁에 나를 맡긴 어머니는 가끔 나를 보러 오시곤 했다. 하지만 어머니가 와서 나를 찾으면 나는 슬금슬금 피하기 일쑤였다. 몇 년을 떨어져 지낸 터라 서먹서먹하기도 하고 또 멋쩍기도 하여, 나는 어머니가 온다는 말만 들으면 멀찌감치 밖으로 나가 겉돌곤 했던 것이다. 그런 나를 보고 어느 날 어머니의 손아래 동생인 이모가 이렇게 나를 달랬다. "왜 엄마를 피하는 거지? 그러는 너 때문에 엄마 마음이 얼마나 아프겠니? 다음에 엄마가 오면 엄마한테 달려가 한번 안겨 봐. 알았지?" 얼마 후 어머니가 또 다녀가시게 되었다. 망설이고 망설인 끝에 나는 용기를 내어 "엄마"를 부르며 달려가 어머니의 품에 안겼다. 나를 안으시던 어머니의 얼굴에서 피어오르던 환한 웃음이, 나를 쓰다듬던 어머니의 손이 전하던 부드럽고 따스한 감촉이, 심지어 어머니의 옷에서 느껴지던 푸근함까지 아직 나의 기억에 생생하다. 엄마라고 부를 때마다, 아니, 엄마라는 단어를 떠올리기만 해도 나의 마음은 여전히 그 어릴 적 어머니에게 안기면서 느꼈던 푸근함과 부드러움, 따뜻함과 편안함으로 채워지곤 한다. 그때 그 일 때문인지는 몰라도, 이제 나는 쉰 중반의 나이가 되었고 나의 어머니는 일흔 중반의 나이가 되었지만, 나는 아직 어머니라고 부르지 않고 그 옛날처럼 엄마라고 부른다. 그런 나의 마음을 읽기라도 한 듯 김종철 시인은 이렇게 노래한다.

나는 어머니를 엄마라고 부른다
사십이 넘도록 엄마라고 불러
아내에게 핀잔을 들었지만
어머니는 싫지 않으신 듯 빙그레 웃으셨다
오늘은 어머니 영정을 들여다보며

엄마 엄마 엄마, 엄마 하고 불러 보았다

그래그래, 엄마 하면 밥 주고

엄마 하면 업어 주고 씻겨 주고

아아 엄마 하면

그 부름이 세상에서 가장 짧고

아름다운 기도인 것을!

—김종철, 「엄마 엄마 엄마」 전문

세상의 어머니 가운데 "엄마"라는 부름을 싫어하실 이가 어디 있으랴. 아니, 그보다도 "엄마"란 "그 부름이 세상에서 가장 짧고 / 아름다운 기도"라는 깨달음이 어찌 김종철 시인만의 것이겠는가. 아직 어머니와 함께 이 세상을 살아가는 나 같은 행운아나 김종철 시인과 같이 어머니를 저세상에 보내고 애끓어 하는 모든 이들이 공유하고 있는 것이 있다면, 이는 바로 "엄마"라는 "그 부름이 세상에서 가장 짧고 / 아름다운 기도"라는 깨달음이리라.

문제는 이 시를 읽다 보면 그런 깨달음이 "엄마 하면 밥 주고 / 엄마 하면 업어 주고 씻겨 주"는 데에서 비롯된 것으로 읽힌다는 데 있다. 깨달음의 계기가 그러하다면, 이는 지나치게 유아적인 것이 아닐까. 행여 그렇게 생각하는 사람이 있다면, 그는 이 시가 뛰어넘고자 한 어른의 마음을 뛰어넘지 못하는 사람일 것이다. 사실 이 시의 묘미는 자신의 나이를 뛰어넘어 홀연 유아로 변신하는 시인을 짚어 볼 수 있다는 데 있다. "엄마"를 부르는 순간 시인은 이미 "사십"을 넘긴 어른이 아니다. 그는 다만 "엄마" 앞의 한 어린아이일 뿐이다. 그 어린아이가 마음의 눈으로 본 어머니는 바로 "엄마 하면 밥 주고 / 엄마 하면 업어 주고 씻겨 주"는 그런 "엄마"인 것이다. 어른이 어린아이의 마음을 갖는다는 것은 말처럼 쉬운 일이 아니다. 어린아이로 되돌아가고자 할 때 일방적으로 간섭하고 방해하는 어른을 뛰어넘기란 쉽지 않기 때문이다. 바로 이 같은 간섭과 방해를 뛰어넘어 어린아이의 눈으로 세상을 바라보는 시인의 눈길을 "엄마 하면 밥 주고 / 엄마 하면 업어 주고 씻겨 주고"라는 구절에서 확인할 수 있지 않은가. 그렇다면, 그것이 어떻게 가능했던 것일까. 동어반복같이 들릴지 모르나, 이를 가능케 한 것은 바로 "엄마"라는 그 신비로운 '부름'이다. 그런 의미에서 "엄마"는 하나님의 '말씀'the Logos과 같은 것일 수 있다. "'빛이 생겨라' 하시자 빛이 생겼다"(창세기 1장 3절)는 성경의 구절이 암시하는 기적이 우리네 인간들에게도 가능하다면, 그와 같은 기적을 가능케 하는 것은 바로 "엄마"라는 신비로운 '부름'이다. 그 부름이 우리에게 또 하나의 세계, '보기에 좋은' 따듯하고 아늑한 세계로 불현듯 우리를 인도하기 때문이다. "엄마"가 "그 부름이 세상에서 가장 짧고 / 아름다운 기도"임은 이 때문이기도 하다. 다시 말해, 세상의 모든 아들과 딸을 푸근함과 부드러움, 따뜻함과 편안함으로 채워 주기 때문만이 아니라, 아무리 나이 먹은 어른이라고 하더라도 그를 즉시 어린아이의 마음으로 되돌아갈 수 있도록 한다는 점에서도 "임마"는 "그 부름이 세상에서 가장 짧고 / 아름다운 기도"다.

## 2. 어머니의 삶과 어머니의 사랑을 되새기며

김종철 시인의 「엄마 엄마 엄마」야말로 그 자체가 "짧고 / 아름다운 기도"일 수 있다. 이 "짧고 / 아름다운 기도"에서 우리는 어린아이로 되돌아간 시인의 모습을 보기도 하고 또 그런 시인의 마음을 읽기도 한다. 하지만 이 시 자체가 어린아이의 "기도"는 아니다. 이는 어디까지나 "어머니 영정을 들여다보"고 있는 어른의 "기도"다. 이와 관련하여 우리는 시의 끝을 장식하는 "-인 것을!"이라는 말에 유의할 수 있는데, 이말은 시인의 유아기 체험과 그 체험의 의미에 대한 깨달음 사이에 시간적 차이가 존재함을 암시하기 때문이다. 어쩌면 이 시에서 시인은 이전의 무의식적 체험이 지니는 의미를 때가 지난 뒤 새롭게 깨닫고 있는지도 모른다. 체험이 지니는 의미에 대한 이 같은 깨달음 또는 자각의 과정은 어린아이의 성장에 필수 요건일 수 있거니와, 이를 우리는 철이 드는 과정이라고 말하기도 한다. 말할 것도 없이, 어린아이는 언젠가 어른이 되지만 저절로 어른이 되는 것은 아니다. 어른이 되기 전에 거쳐야 할 과정이 있으니, 이는 바로 철이 드는 과정이다. 이 과정을 거치면서 유년기의 아이는 이러저러한 삶의 조건과 현실에 눈을 뜨고, 이를 바탕으로 하여 소년기를 거쳐 어른으로 성장한다. 삶의 조건과 현실에 눈을 뜨면서 소년기의 아이는 자연히 어머니에 대한 이해의 폭과 깊이도 넓히게 되거니와, 이 시기에 아이가 보는 어머니의 모습은 유아기의 천진난만한 눈으로 보는 어머니의 모습과는 다른 것이 될 수밖에 없다. 바로 이 같은 '다른' 눈길을 보여 주는 시 가운데 특히 빼어난 것이 김종해 시인의 「어머니의 맷돌」이다.

맷돌을 돌린다
숟가락으로 흘려넣는 물녹두
우리 전가족이 무게를 얹고 힘주어 돌린다

어머니의 녹두, 형의 녹두, 누나의 녹두, 동생의 녹두

눈물처럼 흘러내리는 녹두물이

빈대떡이 되기까지

우리는 맷돌을 돌린다

충무동 시장에서 밤늦게 돌아온

어머니의 남폿불이 졸기 전까지

우리는 켜켜이 내리는 흰 녹두물을

양푼으로 받아내야 한다

우리들의 허기를 채우는 것은 오직

어머니의 맷돌일 뿐

어머니는 밤낮으로 울타리로 서서

우리들의 슬픔을 막고

북풍을 막는다

녹두껍질을 보면서 비로소 깨친다

어머니의 맷돌에서

지금도 켜켜이 흐르고 있는 것

물녹두 같은 것

아아, 그것이 사랑이었음을!

―김종해, 「어머니의 맷돌」 전문

이 시 한 편만으로도 우리는 김종해와 김종철 두 형제 시인이 거쳐야 했던 유년기와 소년기의 삶이 얼마나 신산한 것이었던가를 미루어 짐작할 수 있다. 이 시에서 반복되는 "맷돌을 돌린다"라는 정경 묘사는 "어머니는 앞에 서고 / 나는 뒤에서 리어카를 밀었다"(「부산에서」)라는 정경 묘사와 함께 어머니를 소재로 한 김종해 시인의 시에 여러 차례 등장하는데, 이들은 물론 삶의 어려움을 섬세하게 사실적으로 전하는 '환유적 이미지'의 기능을 한다. (인간의 언어 사용과 관련하여, 일찍이 로만 야콥손은 사물의 부분으로 전체를 나타내려는 '환유적 경향'과 하나의 사물을 전혀 엉뚱한 사물로 대체하여 나타내려는 '은유적 경향'으로 나눈 바 있으며, 그는 두 경향이 각각 사실적·세부 묘사적 경향의 글과 낭만적·서정적 경향의 글에 특징적으로 나타남에 주목한 바 있다.) 말하자면, "우리 전가족이 무게를 얹고 힘주어" 돌리는 맷돌은 소년 김종해가 밀고 그의 어머니가 끌던 "리어카"와 마찬가지로 그의 가족이 이끌어 가야 하는 힘겨운 삶의 풍경 안에 존재하는 하나의 요소—그것도, 그 풍경을 가장 특징적으로 드러내는 요소—다. 그리하여 "리어카"와 마찬가지로 "맷돌"은 작지만 소년 김종해의 삶을 세밀하고 구체적으로 드러내는 환유적 이미지의 역할을 수행한다. 하지만 맷돌의 비유적 잠재력은 여기서 끝나지 않는다. 맷돌은 원래 무겁기도 하고 돌리기에도 쉽지 않다. 바로 이런 의미에서 맷돌은 힘주어 돌려야 겨우 돌아가는 삶 또는 견디기 어려운 무게로 압도해 오는 삶 그 자체를 암시하는 것일 수도 있다. 이런 관점에서 보면, 맷돌은 이 시에서 '은유적 이미지'의 역할을 하는 것이기도 하다. 요컨대, 맷돌은 환유적 이미지와 은유적 이미지를 동시에 포용한다. 김종해 시인의 「어머니의 맷돌」에서 "맷돌"이 비유적 효과의 측면에서 특히 깊은 호소력을 갖는다면 이와 같은 이미지의 중첩성 때문일 것이다.

당시의 정황을 짚어 보자면, 소년 김종해가 형과 누나와 동생과 함께 "눈물처럼 흘러내리는 녹두물이 / 빈대떡이 되기까지" 맷돌을 돌리는 것은 "충무동 시장"에서 "밤늦게"까지 '장사'를 하는 어머니의 무거운 짐을 덜어드리기 위한 것이었다. 어머니를 돕기 위해 힘겹게 맷돌을 돌리는 그들의 모습에서 우리는 고달픈 삶을 몸으로 견디어 나가는 아이들의 모습을 볼 수 있다. 또한 "충무동 시장에서 밤늦게 돌아온 / 어머니의 남폿불이 졸기 전까지 / 우리는 켜켜이 내리는 흰 녹두물을 / 양푼으로 받아내야 한다"는 구절에서 우리는 힘겨운 일임에도 불구하고 자신들에게 주어진 몫을 해 내려는 아이들의 의지까지 읽을 수 있다. 그럼에도 불구하고, 아이들의 삶은 아직 둥지 안의 새끼 새들의 삶과 크게 다를 바가 없는 것이다. 어미 새와도 같은 존재가 필요한 것이 그들의 삶이기 때문이다. 그리하여 시인은 말한다. "우리들의 허기를 채우는 것은 오직 / 어머니의 맷돌일 뿐"이라고. 정녕코 "밤낮으로 울타리로 서서 / 우리들의 슬픔을 막고 / 북풍을 막는" 어머니가 있기에 "우리들"은 삶을 살아갈 수 있었던 것이리라. 아무튼, "어머니의 맷돌"이라니? 바로 이 지점에서 맷돌은 새로운 의미를 얻는다. 맷돌은 소년 김종해의 가족이 살아가는 삶의 풍경의 일부이고 동시에 삶 자체를 암시하는 것일 수도 있지만, 이는 또한 어머니 자신을 암시하는 것일 수도 있고 또한 어머니의 삶을 암시하는 것일 수도 있다. "눈물처럼 흘러내리는 녹두물"에 뒤덮인 채 '스스로' 돌아가는 맷돌, 힘겹지만 스스로 돌기를 멈추지 않는 맷돌은 곧 어머니 자신인 동시에 그녀의 삶인 것이다. "녹두물처럼 흘러내리는 눈물"에, 아니, 녹두물처럼 흘러내리는 '땀'에 자신의 몸과 삶을 맡긴 어머니인 것이다.

이 시가 절창이라면 이는 "맷돌"과 "녹두물"이라는 이미지들이 주는 깊고 넓은 시적 울림 때문만은 아니다. 또한 한 가족의 "허기"와 "슬픔"을, 그리고 그 "허기"와 "슬픔"을 막는 울타리로서의 어머니의 삶을 절제 있게 드러내고 있기 때문만도 아니다. 이 시가 절창이라면, 그것은 "밤낮으로 울타리로 서서 / [자식]들의 슬픔을 막고 / 북풍을 막"는 어머니의 아픔과 고단함이 곧 어머니의 "사랑"임을 깨닫는 시인의 마음까지 함께 있기 때문이다. 문제는 "그것이 사랑이었음을!"이라는 말에서 확인할 수 있는 것처럼, 체험과 자각 사이에 시간적 간격이 존재한다는 데 있다. 어떤 의미에서 보면, 소년 김종해는 그의 형과 누나와 동생과 함께 삶이 얼마나 고달픈 것인가를 몸으로 체득하고 있었을 것이다. 그리고 그나마 그런 삶을 헤쳐 나갈 수 있었던 것은 다름 아닌 어머니 때문이라는 사실까지도 깨닫고 있었을 것이다. 하지만 "어머니의 맷돌"에서, 나아가, 어머니라는 맷돌에서, "지금도 켜켜이 흐르고 있는 것 / 물녹두 같은 것"이 다름 아닌 "사랑"이었음을 당시에는 아직 깨닫지 못했었는지도 모른다. 이런 의미에서 시인의 깨달음은 때늦은 것인지도 모른다. 깨달음이 때늦은 것임에 아쉬워하는 시인의 마음이 "아아"라는 탄식을 이끈 것이리라.

바로 이 같은 때늦은 깨달음이 세상의 모든 아들과 딸을 슬프게 한다. 그리고 그러한 깨달음이 어머니를 여읜 후에 왔다면 이로 인한 슬픔은 정녕 감당키 어려운 것이 될 수밖에 없다. 청개구리의 우화는 이 때문에 존재하는 것이고, 또

한 이 때문에 김종철 시인의 「청개구리」가 갖는 시적 울림은
그만큼 크고 깊다.

어머니 유해를 먼 바다에 뿌렸다

당신 생전 물 맑고 경치 좋은 곳

산화처로 정해 주길 원했다

그런데 어찌 된 일인가

비 오고 바람 불어 파도 높은 날

이토록 잠 못 이루는 나는 누구인가

저놈은 청개구리 같다고

평소 못마땅해하셨던 어머니가

어째서 나에게만 임종 보여 주시고

마지막 눈물 거두게 하셨는지 모르지만

당신 유언대로 물명산 찾았는데

오늘같이 비만 오면 제 어미 무덤 떠내려간다고

자지러지게 우는 청개구리가

이 밤 내 베개맡에 다 모였으니 이를 어쩌나

한 번만 더, 돼지 발톱 어긋나듯

당신 뜻에 어긋났더라면

비 오고 바람 부는 날

이처럼 청개구리가 되어 울지 않아도 될 것을

—김종철, 「청개구리」 전문

    우리 모두는 청개구리의 슬픔을 이해한다. 그리고 "물 맑고 경치 좋은 곳 / 산화처로 정해 주길 원"했던 어머니의 뜻을 좇았지만 "비 오고 바람 불어 파도 높은 날" / 이토록 잠 못 이루는" 시인의 슬픔과 아픔이 어떤 것인지도 우리 모두는 이해한다. 비록 "당신 유언대로 물명산 찾"아 "어머니 유해를 먼 바다에 뿌렸"지만 그것이 과연 어머니가 진정으로 원했던 것인지를 놓고 괴로워하는 시인의 마음을 또한 우리 모두는 이해하고 또 이해한다. 나아가, "한 번만 더, 돼지 발톱 어긋나듯 / 당신 뜻에 어긋났더라면 / 비 오고 바람 부는 날 / 이처럼 청개구리가 되어 울지 않아도 될 것"이라고 탄식하는 시인의 마음에 깃들어 있는 회한을 우리 모두는 이해한다. 이를 이해하지 못할 아들이나 딸이 이 세상 천지에 어디 있겠는가. 세상의 모든 아들과 딸은 잠재적으로 청개구리와 같은 존재이기 때문이다.

    이 슬픔, 이 아픔, 이 회한을 어찌할 것인가. 계속 "청개구리가 되어 울"기만 할 것인가. 그럴 수만은 없다. "우리 집에는 / 어머니는 어제라는 집에 / 아내는 오늘이라는 집에 / 딸은 내일이라는 집에 살면서 / 나와 쉽게 만"날 수 있고 또 이들과 "만나는 법을 알고"(『만나는 법』) 있는 한, 아픔과 슬픔과 회한에 얽매어 있을 수만은 없다. 시인에게는 "어머니"와 "아내"와 "딸"은 시간적 차이를 벗어나면 '하나'일 수 있거니와, 현재의 어머니인 "아내"와 미래의 어머니인 "딸"을 통해 과거의 어머니인 "어머니"와 만날 수 있기 때문이다. 나아가, "아내"와 "딸"이 있고 또 미래를 향해 계속 "딸"들이 그 뒤를 이어가는 한, 어머니는 영원한 존재로 거듭 되살아날 것이기 때문이다. 따지고 보면, 어머니란 각자에게 개별적이고도 유일한 의미를 지니는 존재이기도 하지만, 어떤 한계를 뛰어넘는 순간 사랑과 희생의 초월적 표상으로 영원히 되살아나는 존재이기도 하다. 마치 우리가 마음속으로 섬기는 신이 그러하듯. 이 세상 어디에나 편재遍在하는 보편적 존재가 신이지만, 그 신을 섬기는 사람들이 각자 그들의 마음속에 그리는 신의 모습이 다르듯. 넓게 보아 어머니란 바로 이와 같은 존재가 아닐까. 김종철 시인이 "우리 사남매는 이제야 / 어머님 한 분씩을 각자 모실 수 있었다"(『종이배 타고』)라고 했을 때, 이는 편재하는 보편적 존재로서의 어머니—최소한 "사남매"가 공유하는 보편적 존재로서의 어머니—를 전제로 해서 한 진술일 수도 있다.

## 3. 어머니에게 날아가는 한 마리 새가 되어

김종해와 김종철 두 형제 시인의 사모곡을 담은 시집 『어머니, 우리 어머니』의 원고를 읽는 도중 나는 잠시 읽기를 멈출 수밖에 없었다. 김종해 시인의 「개동백 꽃잎으로 피다가」에 나오는 "우리 어린 날의 날개를 기워 주던 / 어머니의 외로운 바느질"이라는 구절이 나에게 어린 시절의 기억 하나를 일깨 웠기 때문이다. 그 이야기는 뒤로 미루고 우선 이 시의 일부 만이라도 함께 읽기로 하자.

어머니가 날린 철새 두 마리가
기우뚱 기우뚱 남쪽으로 가고 있다
11월의 첫째 주일
우리들 마음에 단풍이 내리고
차창에 우수의 빗방울이 맺힌다
대신동 위생병원 625호실
날개를 접고 우리는
어머니의 마른 고목 위에 앉는다
어머니의 손등, 마른 칡껍질 위에 가서 앉는다
떡장수, 국수장수, 충무동시장 좌판 위에

우리 어린 날의 날개를 기워 주던

어머니의 외로운 바느질

젊은 어머니가 끌고 가는 수제비 리어카를 뒤에서 밀며

우리가 나가 보는 황량한 겨울바다

우리는 50년대의 카바이트 불빛으로 떨면서

어머니 만세, 어머니 만세를 목젖으로 삼킨다

─김종해, 「개동백 꽃잎으로 피다가」 부분


앞서 나는 소년 김종해와 그의 형과 누이와 동생을 '새끼 새'에 비유한 적이 있다. 이와 같은 비유가 결코 자의적인 것이 아님을 보여 주는 작품이 바로 이 시일 것이다. 병상에 누워 계신 어머니를 찾는 김종해와 김종철 두 형제 시인이 이 시에서는 "어머니가 날린 철새 두 마리"로 묘사되고 있지 않은가. 두 마리의 철새가 "기우뚱 기우뚱 남쪽으로" 날아가서 "날개를 접고" 앉은 곳은 "어머니의 마른 고목 위"다. "어머니의 마른 고목"이라니? 이제 활기를 잃고 병석에 누워 있는 어머니의 "손등"은 "마른 고목"과도 같아 보이고 또 "마른 칡 껍질"과도 같아 보이기 때문이리라. 여기에서 우리는 병이 깊어 날갯짓을 하지 못하는 어미 새의 모습을 떠올릴 수도 있다. 이제 '고목나무'와도 같이 활기를 잃은 날개를 접고 누워 있는 어미 새의 모습을. 이 자리에서 나는 자유로운 상상력을 동원하여 병실에 들자마자 누워 있는 어머니에게 급히 다가가 그녀의 앙상한 손을 덥석 움켜쥐는 두 형제의 모습을 떠올려 보기도 한다. 아무튼, 어머니의 손등에 대한 시인의 비유는 "마른 고목"이나 "마른 칡껍질"에서 끝나지 않는다. 시인의 시선을 통해 어머니의 손등은 "떡장수, 국수장수, 충무동시장 좌판"과 겹쳐지기도 한다. 어떤 의미에서 보면, 시인은 어머니의 손등에서 그녀가 헤쳐 왔던 고달픈 삶의 역사를 읽고 있는 것이리라. 어머니의 삶에 대한 시인의 회상은 "우리 어린 날의 날개를 기워 주던 / 어머니의 외로운 바느질"에 대한 기억으로, 또 "수제비 리어카"를 끌던 "젊은 어머니"에 대한 기억으로, 그리고 "리어카"를 "뒤에서 밀며 우리가 나가 보는 황량한 겨울바다"로 자유롭게 옮겨 간다. 이윽고 시인의 시선은 다시 병석의 어머니에게 간다. 병석의 어머니를 보며 형제는 "50년대의 카바이트 불빛으로 떨면서 / 어머니 만세, 어머니 만세를 목젖으로 삼킨다." 두 아들의 슬픔과 아픔이 "목젖으로 삼킨다"는 말을 통해 더할 수 없이 생생하게 살아나고 있다.

이제 나의 이야기로 돌아가자. "우리 어린 날의 날개를 기워 주던 / 어머니의 외로운 바느질"이라는 구절이 나에게 일깨웠던 어린 시절의 기억은 무엇인가. 초등학교에 입학할 무렵 어머니는 나에게 베레모를 만들어 주셨다. 당시 내가 들어간 초등학교에서는 베레모가 교모校帽였기 때문이다. 바느질 솜씨가 출중하여 그것을 생업으로 삼아 자식들을 키우기도 하셨던 어머니가 손수 만들어 주신 베레모는 방울까지 달린 날렵하고 멋진 것이었다. 어머니의 베레모는 지정 교복 가게에서 대량으로 만들어 공급한 베레모—그러니까 친구들이 쓰고 다니는 특징 없는 베레모—와는 비교할 수 없을 정도로 맵시와 모양이 있었다. 하지만 친구들 것과 다르다는 점을 이유로 삼아, 요즈음 표현을 빌리자면 '튄다'는 점을 이유로 삼아, 나는 어머니가 만들어 주신 베레모를 한사코 거부했다. 어머니의 정성과 사랑을 깨닫지 못했던 내 어린 시절의 못난 모습이 내 시야를 흐리고 내 마음을 흐트러뜨렸기에 나는 읽기를 멈추었던 것이다. 마음을 가다듬으려는 듯 나는 어느새 소리 내어 이 구절을 다시 읽고 있었다, "우리 어린 날의 날개를 기워 주던 / 어머니의 외로운 바느질"이라는 대목을. 언젠가 김종철 시인과 내가 자주 찾던 잔치국숫집에서 국수를 먹는 동안 옆에 앉아 있던 그가 이렇게 말한 적이 있다. "우리 어머니가 말아 주는 국수도 맛있었지만, 바느질 솜씨가 정말 대단했지."

이 시집 『어머니, 우리 어머니』가 출간되면 나는 한 권 들고 한 마리 새가 되어 "기우뚱 기우뚱" 어머니를 향해 날아갈 것이다. 그러고는 날개를 접고 달려가, 어릴 때와 달리 이제는 내가 어머니를 안을 것이다. 문을 열고 나를 맞는 어머니를 힘껏 안을 것이다. 내 어릴 적인 50여 년 전에 느꼈던 푸근함과 부드러움, 따뜻함과 편안함, 그리고 무엇보다도 어머니의 환한 웃음을 세삼 다시 맛보기 위해, 여전히 엄마를 '엄마'라고 부르면서 말이다. 그런 다음 나는 시집을 어머니에게 보이면서 이런저런 이야깃거리를 궁리할 것이다. "밤에 변소 가는 것이 제일 싫었"던 어린아이 김종철이 "마당 한 구석에서 / 볼일을 보"는 동안 곁에 "서 있는 어머니가 심심할까봐 / 이것저것 얘깃거리를 궁리"(『옥수수밭 너머』)했던 것처럼. 잠결에 끌려나온 엄마의 심심함을 걱정하는 천진난만한 어린아이처럼, 나도 엄마가 심심해하지 않도록 "이것저것 얘깃거리를 궁리"할 것이다. 그렇게 해서 궁리해 낸 이야기를 어머니에게 들려주며 나는 마음속으로 크게 외칠 것이다. "엄마 만세, 엄마 만세." (2005년 5월)

# '사랑'의 시어에서 '빈 몸'의 시어에 이르기까지
## ―'언어 학교'에서 시인 김종철이 배운 것

### 1. 이런 엉뚱함이란! 또는 칼릴 지브란과 오마르 카얌

무더운 여름 어느 날 저녁, 삼각지 근처의 어느 주점에서 함께 소주잔을 기울이던 김종철 시인이 갑작스러운 제안을 했다. "장 교수, 시집 한 권 번역할 마음 없소?" "시집이라니요?" 나의 반문에 그는 월남전에 참전했던 때의 이야기를 꺼내면서 전쟁의 와중에도 항상 지니고 다니던 시집이 있노라 말했다. 칼릴 지브란Kahlil Gibran의 『예언자』(*The Prophet*). 당시 그는 그 시집에 담긴 시를 거의 다 외울 만큼 읽고 또 읽었다고 했다. 그리고 이처럼 무더운 여름날 저녁이면 가끔 그 시집의 구절구절이 새삼 떠오르기도 한다는 말을 잇기도 했다.

또한 새로운 번역으로 새롭게 다시 읽고 싶은 시집이 있다면 바로 그 시집이라는 말을 덧붙이기도 했다. 그 이듬해 나는 방문학자의 자격으로 미국의 시애틀에서 한 해를 보냈는데, 어느 날 워싱턴 대학교 주변의 헌책방에서 낡은 시집들을 들척이다 문득 그의 제안을 떠올렸다. 그리고 시집을 한 권 구입했는데, 그때 내가 구입한 시집은 칼릴 지브란의 『예언자』가 아니라 1800년대 후반 에드워드 피츠제럴드Edward Fitzgerald가 영어로 옮겨 놓은 오마르 카얌Omar Khayyam의 『루바이야트』(Rubaiyat)였다. 이유는? 간단하다. 시인이 그때 화제로 올린 사람을 오마르 카얌으로 잘못 기억하고 있었던 것이다.

오마르 캬얌은 11세기 중엽 페르시아 태생의 학자이자 시인이고, 칼릴 지브란은 19세기 초에서 20세기 중엽까지 미국에서 활동하던 레바논 태생의 화가이자 시인이다. 같은 아랍권 사람의 이름이기에 혼란이 있었던 것일까. 아무튼, 시애틀의 하늘 아래서 나는 시인 김종철의 모습과 그의 시를 마음에 떠올리면서 오마르 카얌의 『루바이야트』를 읽었다. 삶의 의미에 대해 회의하고 번뇌하는 시인, 그리고 아름다운 것과 즐거운 것에서 위안을 찾으려는 시인의 마음이 생생하게 읽히는 오마르 카얌의 시편들을 접하며 나는 이들 시편에 눈과 마음을 주는 참전 병사 김종철과 만나는 듯한 착각에 빠져들기도 했으니, 이런 엉뚱함이란! "나무 그늘 아래 한 권의 시집, / 한 동이의 술, 한 덩이의 빵, 그리고 그대와 함께 하니, / 황야의 한 가운데지만 노래하는 그대와 함께 하니, / 오, 황야가 곧 낙원이어라." 왜 이 같은 오마르 카얌의 시편이 시인 김종철의 모습을 떠올리게 한 것일까. 아마도 그의 호탕하고 넉넉한 웃음과 거침없는 언변, 이에 어울리는 시원스러운 몸짓과 당당한 체구 때문이었으리라. (이 시론을 읽었던 시인이 자신의 '체구'를 '당당하다'고 한 나의 표현이 과장된 것임을 지적했었다. 물론 물리적인 측면에서 그의 몸집이 그리 큰 것은 아니었다. 하지만 나는 시종일관 그에 대해 그런 느낌을 가졌던 것을 어찌하랴.)

오마르 카얌의 시편들을 읽으면서 시인 김종철의 모습을 떠올리던 도중 문득 떠오르는 그의 시 구절이 있었으니, 이는 「우리들의 누님」에 나오는 다음과 같은 구절이다. "거침없이 내뱉는 화법, / 굽히지 않는 자존을 약점인 양 들추면 / 그녀는 귓속말로 속삭인다 / '너하고 닮은 점이 그거 아이가' / 그렇다면 당신도 눈물 감추는 법, / 그리움 뒤에 숨는 법이 나와 같단 말인가!" 그렇지! 호탕하고 넉넉한 웃음과 거침없는 언변, 시원스러운 몸짓과 당당한 체구 뒤편으로 그가 눈물도 감추고 그리움도 숨기고 있음을 내 어찌 모르겠는가!

눈물과 그리움을 숨기고 있다가 언뜻언뜻 보이지 않을 듯 드러내는 예를 이미 그의 어머니 시편에서 확인한 바 있지 않은가. 아니, 그의 시는 세상사와 삶에 대한 시인의 회의와 절망, 열정과 분노까지 어느 때는 활화산처럼 폭발하듯 드러내기도 하고, 또 어느 때는 휴화산처럼 안으로 모으기도 한다.

"아, 사랑이여! 그대와 내가 천사와 공모하여 / 이 변변찮은 세상의 이치를 움켜쥘 수 있다면! / 이를 산산조각 부서뜨리고는 / 내 마음껏 이를 다시 빚어내련만!" 변화를 향한 시인의 열정과 그것의 불가능함에 대한 시인의 절망이 함께 읽히는 오마르 카얌의 이 같은 시편을 읽으면서 나는 계속 시인 김종철의 모습과 그의 시 세계를 떠올리곤 했다. 하지만 그의 시 세계를 오마르 카얌의 시편 안에 가둘 수는 없다. 그의 변화무쌍한 시 세계는 격정과 불안의 지대를 뛰어넘어 때로 명상과 관조의 경지까지 보여 주기 때문이다. 그의 최근 시집 『등신불 시편』(문학수첩, 2001)을 펼쳐들면 누구라도 이 말의 뜻을 알아차릴 수 있을 것이다.

말하자면, 때로는 고온의 정글 지대를, 때로는 열사의 사막 지대를, 때로는 정적의 고산 지대를 넘나드는 듯한 느낌을 주는 것이 시인 김종철의 시 세계다. 그의 시 세계 전체를 하나의 지평에서 조망하기란 쉽지 않음은 이 때문이다. 하기야 하나의 지평에서 조망할 것을 쉽게 허락하는 시인의 시 세계가 어디 있겠는가. 하지만 김종철 시인의 시 세계는 변화의 폭이 특히 넓고 깊다. 그럼에도 불구하고 김종철 시인의 초기 시작에서 최근의 시작에 이르기까지 차례로 읽어 나가다 보면, 그의 시 세계가 하나의 맥을 형성하고 있음을 감지할 수 있다. 남은 지면을 통해 우리는 시인 김종철이 이제까지 상재한 다섯 권의 시집『서울의 유서』(한림출판사, 1975),『오이도』(문학세계사, 1984),『오늘이 그날이다』(청하, 1990),『못에 관한 명상』(시와시학, 1992),『등신불 시편』에 수록된 일련의 시를 차례로 읽어 나가면서 그가 형성해 놓은 시의 '맥'을 짚어 보기로 한다.

## 2.『서울의 유서』, 또는 아픔과 고뇌의 시 세계

시인이 1960년대 말에 등단 이후 1975년에 펴낸 첫 시집『서울의 유서』의 서문에서 김종철 시인은 "8년 동안 써" 모은 작품을 묶어 시집을 발간하게 되었음을 밝히고 있다. 그가 1947년생임을 감안한다면, 20대 청년 김종철의 시적 자취를 고스란히 담고 있는 것이『서울의 유서』다. 역시 이 시집의 서문에서 시인은 "가장 어려운 문제는 '인간'을 초극하는 문제"였고, "'자기'를 뛰어넘는 사소한 문제"였음을, 나아가 "늘 이러한 문제와 싸우지 않을 수 없었"음을 밝히고 있는데, 이는 『서울의 유서』에 수록된 작품의 경향을 이해하는 데 하나의 단서가 될 수 있다. 무엇보다 이 시집의 작품 경향으로 두드러진 것은 자신에 대한 시적 관찰로, '인간'을 초극하거나 '자기'를 뛰어넘고자 함은 감상感傷과의 싸움으로 이해될 수도 있다. 따지고 보면, 자신이 느끼고 체험하는 젊은 날의 아픔과 고뇌를 드러내는 이런 유형의 시가 자칫 빠져들기 쉬운 것이 감상의 늪이다. 김종철 시인은 그의 초기 시에서 자신을 시적 관찰의 대상으로 삼아 젊은 날의 아픔과 고뇌를 생생하게 드러내고 있으며, 그래서 그런지 몰라도 그의 시 세계는 지극히 감상적인 분위기를 띠고 있다. 하지만 감상의 늪에 함몰되어 있다는 느낌이 좀처럼 들지 않는다. 어떤 관점에서 보면, 그의 시는 감상을 극대화하여 이를 끌어안은 채 감상의 늪을 뛰어넘고 있다는 느낌을 주기도 한다. 이런 느낌은 어디에서 비롯되는 것일까. 이런 의문에 답하는 작품이 「죽음의 둔주곡」이다. 모두 아홉 편의 시로 구성된 「죽음의 둔주곡」에서도 무엇보다 우리의 눈길을 끄는 것은 제3곡과 제8곡이다.

그 날

젊은이들은 모두 떠났다

조국으로부터 어머니로부터 운명으로부터

모두 떠났다

젊은이들의 믿음과 낯선 죽음과

부산 삼부두를 실은 업서호의 전함戰艦

수천의 빗방울이 바다를 가라앉히고

어머니는 나를 찾아 헤매었다

갑판에 몰린 전우들 속의 막내를 찾아 하나씩하나씩

다시 또다시 셈하며 울고 있었다

어머니가 늙어 뵈신 것은 이때가 처음이었다

　　　바람이 분다

　　　내 어린 밤마다 등불의 심지를 돋우고

　　　심청전에 귀 기울이며 몇 번이나

　　　혀끝을 안타까이 차며 눈물짓던 젊은 어머니

　　　어머니의 무릎을 베고 누운 어린 나도

　　　내 살갗에 와 닿는 세상의 슬픔을

　　　영문을 모르고 따라 울었지요

　　　바느질을 아름답게 잘 하시던 어머니는

　　　그 밤따라 유난히도 헛짚어

몇 번이나 손가락을 찔렀지요

심청은 울며울며 떠났고

나는 마른 도랑의 돌다리에서 띄운 작은 종이배에

내가 사는 마을 이름을 하나씩 적어 두었어요

그 날 몰래몰래 담장을 넘어간 어머니의 울음은

다시 낯선 해일이 되어

어머니의 편한 잠과 내 종이배를 모두 실어가 버렸어요

잠시 후면 오오 잠시 후면 떠남뿐이다

수많은 기도와 부름이

비와 어머니와 나를 삼켰다

내가 간직하고 온 부두에서는 오래도록

만남의 손이 흔들렸고

나는 먼바다에서 비로소 눈물을 닦아내었다

눈물 끝에 매달린 어머니와 유년의 바다

배낭 안에 넣어둔 한줌의 흙

그것들의 붉디붉은 혼이

나를 너무나 먼 곳으로 불러내었다

　　─「죽음의 둔주곡」 제3곡 전문


　깊고 그윽한 부름이 있어 매일 밤 나는 깨어 울었습니다

'나의 아들아' 나는 알고 있습니다

당신의 마른 구원의 눈썹이

정글 속의 가시보다 모질고 고독한 것을

나는 돌아왔습니다 내가 가진 여름과 재앙과 말라빠진 광야

를 버리고 다시 막내가 되어 돌아왔습니다

그래 그래 이제 큰 것을 잊었구나 당신의 아픈 한 마디 말씀

나를 뚫고 산을 뚫고 망우리를 뚫었습니다 나는 혀가 아리도록

김치를 씹었습니다


날마다 하나씩 늘어나는 당신의 죽음을

한 올 머리카락이 시들어 가는 죽음 서투른 관절의 죽음 당신

이 키운 한 마리 개의 죽음 캄란베이 어둔 병동에 냉동되어 있는

몇 구의 죽음도 당신의 것입니다

그 날 한 방울의 물도 말라버렸고

땡볕의 정글이 모든 것을 거두어갈 때

아오스딩도 갈릴 지브란도 반야바라밀다 심경의 일절도 알몸

으로 죽어갈 때

나는 최후의 말을 지껄였습니다 최후의 목마름을

어머니 나는 당신에게 사랑의 빚 이외에는

아무 빚도 지질 않았습니다

참전을 위해 월남으로 떠날 때와 월남에서 돌아왔을 때의 감회를 전하고 있는 위의 두 시에서 중요한 시적 모티프가 되고 있는 것은 어머니다. 사랑과 헌신의 표상인 바로 이 어머니라는 존재는 그리움과 아쉬움의 대상이 될 때 감상의 극대화를 유도할 수 있다. 하지만 어머니라는 이미지는 너무도 절대적이고 거대한 것이기에 그 자체가 값싼 여타의 감상이 비집고 들어오는 것을 막는 일종의 보호막 역할을 할 수도 있다. 어찌 보면, 시인은 극도의 감상을 유발할 수 있는 존재를 앞세워 감상을 극대화하고, 이 같은 전략을 통해 감상이 결코 감상으로 느껴지지 않도록 하고 있는지도 모른다. 너무도 큰 것은 우리 눈에 보이지 않게 마련 아닌가. 「죽음의 둔주곡」의 일부를 이루는 시 제7곡의 "랑"도 어떤 의미에서 보면 감상의 극대화를 통해 감상을 뛰어넘도록 유도하는 시적 모티프일 수 있다.

위에 인용한 시 가운데 특히 전자는 한 인간이 비록 개인의 고유한 의미가 무화無化되는 군대라는 집단의 일원이 되었지만 여전히 누군가에게는 소중한 의미를 지닌다는 사실—너무나도 빤하여 누구도 주목하지 않는 이 사실—에 읽는 이의 주의를 새삼 환기한다. 사실 군함의 갑판 위에서 부두 쪽을 향해 서 있는 수많은 군인들에서 어떤 특정인을 찾아내기란 불가능에 가까울지 모른다. 하지만 그들 가운데 자신의 막내아들이 있다는 사실을 알고 "막내를 찾아 하나씩하나씩 / 다시 또다시 셈하며 울고 있"는 어머니의 모습을 상상해 보라. 그리고 부두의 인파 속에서 자기 어머니를 알아보고 "어머니가 늙어 뵈신 것"에 가슴 아파하는 아들의 모습을 상상해 보라. 나는 너에게 의미 있는 존재이고 너는 나에게 의미 있는 존재라는 메시지를 어찌 이보다 더 곡진하게 전할 수 있겠는가.

이 시에서 시인이 회상하는 어린 날의 이야기 또한 독자에게 깊은 울림을 주는데, 심청의 이야기는 곧 시인과 그의 어머니가 처한 지금의 상황을 암시하는 것일 수 있기 때문이다. 늙어 보이는 어머니를 부두에 남겨 둔 채 전함을 타고 먼 바다로 떠나는 젊은 병사의 심경은 눈먼 아버지인 심 봉사를 남겨 두고 인당수로 떠났던 심청의 심경과 다를 바 없는 것이었으리라. 또한 아들을 전장으로 떠나보내는 어머니의 심경은 딸을 떠나보내야 했던 심 봉사의 심경과 다를 바 없는 것이었으리라. "심청전에 귀 기울이며 몇 번이나 / 혀끝을 안타까이 차며 눈물짓던 젊은 어머니"가 바느질을 하면서 "그

밤따라 유난히도 헛짚어 / 몇 번이나 손가락을 찔렀"듯, 이제 늙은 어머니는 또 얼마나 많이 "혀끝을 안타까이 차며 눈물"지을 것이며, 또 얼마나 많이 바느질을 하다가 "헛짚어 / 몇 번이나 손가락을" 찌를 것인가. 또 "어머니의 무릎을 베고 누운" 채 "내 살갗에 와 닿는 세상의 슬픔을 / 영문을 모르고 따라 울었"던 "어린 나"는 이제 "세상의 슬픔"에 얼마나 많은 눈물을 흘릴 것인가.

그다음에 인용한 시에서 시인은 전장에서 돌아와 "매일 밤"마다 "깊고 그윽한 부름"으로 아들을 눈물짓게 하던 어머니와 마주한다. 그리고 그 어머니가 시인에게 건넨 "아픈 한 마디 말씀"—"그래 그래 이제 큰 것을 잊었구나"—이 "나를 뚫고 산을 뚫고 망우리를 뚫"는다. 이 말은 시인의 마음을 아프게 했다는 뜻으로 이해될 수 있는데, 나의 '큼'은 곧 어머니의 '늙음'을 의미하는 것일 수 있기 때문이리라. 이때의 '늙음'은 그만큼 '죽음'에 가까이 다가가 있음을 의미하는 것일 수도 있거니와, "한 올 머리카락이 시들어 가는 죽음 서투른 관절의 죽음 당신이 키운 한 마리 개의 죽음 캄란베이 어둔 병동에 냉동되어 있는 몇 구의 죽음도 당신의 것입니다"라는 진술은 이런 맥락에서 이해될 수 있을 것이다. 어쩌면, 이제까지 현실 감각이 배제되어 있던 '죽음'이라는 개념이 어머니의 늙음을 마주하는 순간 비로소 의미를 갖게 됨을 말하는 것일 수도 있겠다. 결국 어머니의 늙음에 대한 시인의 안타까움은 "어머니 나는 당신에게 사랑의 빛 이외에는 / 아무 빛도 지질 않았습니다"라는 절절한 고백을 이끄는데, 이 한마디의 말이 갖는 시적 무게를 능가할 시구는 어느 시인의 어떤 시집에서도 찾기 어려울 것이다. 가톨릭 신자인 시인에게 세례명을 선사한 '성 아오스딩'Saint Augustine의 "먼저 사랑하라, 그런 다음 그대가 하고 싶은 바를 하라"라는 말이 갖는 무게나 칼릴 지브란의 "서로 사랑하라, 하지만 사랑의 노예가 되지는 말라"라는 말이 갖는 무게를 능가하는 것이 "어머니 나는 당신에게 사랑의 빛 이외에는 / 아무 빛도 지질 않았습니다"임을 누구도 부정할 수 없을 것이다.

『서울의 유서』에서 우리가 주목해야 할 또 한 유형의 시는 일상의 삶에 대한 예민한 비판적 시선을 담은 작품들이다. 예민한 시선뿐만 아니라 정교한 시어가 돋보이는 다음과 같은 작품은 김종철 시인의 시적 관심이 자기 내면으로의 여행에만 있었던 것이 아님을 보여 주는 예이기도 하다.

광화문 지하도에 종로에 을지로에
헛된 꿈들의

죽은 질병이 굴러다니고

신문지에 박힌 활자의 내장들이

소시민의 약한 시력을 비끄러매고

도시의 흉터 위에 떠오른다

하루를 내린 노동의 불면 속에

수천 톤의 충격이 뿌리깊게 와 박히고

밤마다 교외로 니가 앓는 정신직인 암 하나와

희어터진 북풍이

황폐한 들판으로 우리를 끌어낸다

　　—「서울 둔주곡」 부분


　위의 인용에서 특히 주목해야 할 부분은 "헛된 꿈들의 /
죽은 질병이 굴러다니고 / 신문지에 박힌 활자의 내장들이 /
소시민의 약한 시력을 비끄러매고 / 도시의 흉터 위에 떠오
른다"인데, 이 부분은 신문지가 헤어지고 찢어진 채 불결하
고 지저분한 거리 위를 뒹굴고 있고 사람들이 이 신문지에
우두커니 눈길을 주고 있는 정경을 생생하게 떠올리게 한다.
이 부분뿐만 아니라 이어지는 부분에서도 시인의 시선은 대
체적으로 도시적 삶의 현장에서 확인되는 "흉터" 또는 도시
적 삶의 흉한 파편을 향하고 있거니와, 앞선 사모곡 시편에

67

관한 논의에서 잠깐 언급했듯 이는 로만 야콥손Roman Jakobson 이 말하는 환유의 영역에 해당하는 것일 수 있다. 역시 검토 했듯, 야콥손은 낭만적이고 전원적인 정경 묘사에는 전체 지 향적인 은유가, 도시적이고 사실적인 정경 묘사에는 부분 지 향적인 환유가 지배적 수사 장치가 됨을 말한 바 있는데, 도 시적 삶에 대한 비판적 시선은 당연히 환유 쪽으로 기울 수 밖에 없다. 즉, 도시적 삶의 파편에 해당하는 것에 독자의 시 선을 집중케 함으로써 시인은 답답하고 숨 막히는 삶의 현장 을 효과적으로 보여 주고 있는 것이다. 이 같은 시인의 시선 은 흉터나 파편에 눈감은 채 전체를 조망할 마음의 여유를 허락하지 않는 도시적 삶에서 그 원인을 찾을 수도 있을 것 이다. 이는 또한 답답하고 숨 막히는 삶의 구체적인 현장을 생생하게 제시함으로 현재의 삶 자체에 대한 비판적 시선을 감추듯 드러내기 위한 것일 수도 있다.

도시적 삶에 대한 비판적 시선은 필연적으로 도시의 구성 원으로 삶을 살아가는 자기 자신에게 향하지 않을 수 없다. 하지만 다음과 같은 작품은 자신에 대한 관찰의 시이면서도 앞서 검토한 「죽음의 둔주곡」에서와 같은 아픔이 짙지 않 는다. 어떤 의미에서 보면, 젊은 날의 아픔에서 벗어나 이제 삶을 여유 있게 바라볼 나이가 된 사람의 시선을 반영하고 있는 것이 다음과 같은 작품일 수도 있다. 이와 관련하여, 다음의 시가 창작된 때가 시집을 출간하던 해인 1975년임에도 유의해야 할 것이다.

언어 학교言語 學校에서 내가 맨 처음 배운 것은 바다였습니다. 바다의 얼굴을 몇 번이나 그리고 지우고 하는 동안 문득 30년을 이른 나만 남게 되었습니다.

간밤에는 벗겨도 벗겨도 벗겨지는 언어의 껍질뿐인 미완성의 바다 하나가 가출家出을 하였습니다. 서울 생활 10년 만에 나는 눈물을 감출 줄 아는 젊은 아내를 얻고 19공탄을 갈아 끼우는 「아파트」의 소시민으로 날마다 만나는 광고廣告 문귀 틈 속으로 드나들며 살고 있습니다. 가로수의 허리마다 꽁꽁 동여맨 겨울 짚들이 이제는 나의 하반신에도 꽁꽁 감겨져 있습니다. 밤마다 이촌동의 한강 하류에 몰리는 서울의 침묵이 다시 당신들의 언어로 되돌아갈 때까지 바다의 얼굴을 몇 번이나 고쳐 지우며, 또 몇 십 년 후의 별것 아닌 우리의 현실을 아내와 함께 기다릴 것입니다.

─「아내와 함께」 전문

시인의 과거와 현재와 미래가 모두 담겨 있는 이 시에서 핵심 모티프가 되는 것은 "바다"다. 그렇다면 이 "바다"가 의미하는 바는 무엇일까. 그것은 시인이 고향인 부산에서 경험했던 바다일 수도 있지만, 의미를 확장하는 경우 때로 평화롭고 때로 험난한 삶의 현장 자체에 대한 암시일 수도 있다. 또한 "언어 학교"에서 "바다"를 '배운다' 함은 삶의 현장이 갖는 의미에 대한 깨우침을 의미한다고 할 수 있겠다. 아울러, "바다의 얼굴을 몇 번이나 그리고 지우고" 함은 기존의 이해를 새롭게 바꿔 나가는 과정을 가리키는 것일 수 있다. 그리고 무엇보다도 이는 시인에게 구체적으로 시를 쓰는 과정을 의미하는 것일 수 있다. 요컨대, 삶의 현장을 이해하고 이를 시화하는 가운데 시인은 "30년"의 세월을 보냈고, 앞으로 또 "몇 십 년"을 보낼 것이다. 바로 이런 관점에서 볼 때 "벗겨도 벗겨도 벗겨지는 언어의 껍질뿐인 미완성의 바다 하나"란 시인의 마음에 차지 않는 한 편의 시를 말하는 것일 수도 있다. 이를 뒷받침하듯, 시인은 『서울의 유서』 서문에서 자신의 시들을 "버림받고 저주에 가득 찬 이 죽은 언어의 껍질들"로 표현하고 있다. 하지만 시인은 "이 죽은 언어의 껍질들"을 "너무나 사랑한다," 또한 그것들에 "집착한다" 말하고 있는데, 여기서 우리는 시에 대한 시인의 애정을 읽을 수 있다. 시인의 삶이야 "눈물을 감출 줄 아는 젊은 아내를 얻고 19공탄을 갈아 끼우는 「아파트」의 소시민으로 날마다 만나는 광고 문구 틈 속으로 드나들며 살고 있"는 정도의 하찮은 것이라고 해도, "바다의 얼굴을 몇 번이나 고쳐 지우며, 또 몇 십 년 후의 별것 아닌 우리의 현실을 아내와 함께 기다릴 것"이라는 다짐이 암시하듯 시인은 시도 삶도 포기하지 않을 것임을 암시한다.

## 3. 『오이도』 이후, 또는 평온과 명상의 시 시계

첫 시집을 출간하고 약 10년 후인 1984년 김종철 시인은 제2시집 『오이도』를 출간한다. 시인은 오이도가 "외롭고 추운 마음을 안고 한 번씩 자신으로부터 외출을 하고 싶을 때 찾아가는 섬"임을 시집의 서문에서 밝히고 있다. 또한 서문에서 시인은 자신이 "원하지 않은 자식"으로 세상에 태어났음을 고백하면서, 이 점에서 자신은 세상을 "덤으로" 살아가는 존재라고 단정한다. 자신의 출생과 관련하여 스스럼없이 이런 종류의 고백을 하기란 마음 내키는 일이 아닐 것이다. 그럼에도 불구하고, 그와 같은 고백을 시집의 서문에서 편하게 할 수 있도록 한 것은 무엇일까. 시인의 타고난 솔직성일까, 아니면 "불혹이 가까워"진 나이가 시인에게 가져다준 마음의 여유일까. 이유야 어디에 있든, 그런 고백을 가능케 한 마음 자세 때문인지는 몰라도, 『오이도』의 시에서는 시인의 말에도 불구하고 "외롭고 추운 마음"이 좀처럼 잡히지 않는다. 세상사를 일정한 거리에서 바라보고 가늠하는 시인의 따뜻하고 안정된 시선이 그러한 마음을 다스리고 있기 때문이리라. 다시 말해, 첫 시집에서 우리가 느낄 수 있었던 젊은 날의 아픔과 고뇌는 여유와 평온에 자리를 내 주고 있다. 이렇게 말한다고 해서, 『오이도』에서는 이전 시집에서 짚이던 아픔이 전혀 짚이지 않는다는 것은 아니다. 하지만 아픔은 이제 격정을 떨쳐 버린 채 "그늘"과도 같은 그 무엇으로 바뀌어 있다. 「오이도 8—바둑돌」은 이를 보여 주는 하나의 좋은 예다.

형님과 함께 바둑을 둡니다
검은 돌은 언제나 내 차집니다
검은 돌 사이에 삐끔 엿보는 흰 돌이
나의 관자놀이에 정통으로 와 닿습니다
나는 늘 집을 짓지 못해 쫓겨만 다닙니다
돌을 하나씩 하나씩 놓을 때마다
한 번도 마음이 편해 본 적이 없습니다
오늘도 사무실에서 하루의 그늘을 보았습니다

늘 부딪혀 오는 작은 삶의 검은 돌을 쥔 사람처럼

나는 쫓기고 또 쫓겼습니다

이러다 집마저 날리면 하는 근심이

꿈 밖까지 쫓아왔습니다

흰 돌은 조금도 늦추어 주는 법이 없습니다

이 한 판으로 나의 작은 섬이 지워지는 것을 생각하니

처음부터 나는 포석을 제대로 히지 못한 깃 같습니다

나의 삶에서 두고 있는 흰 돌과 검은 돌은

이제 보니 오늘 문득 내 양손에 하나씩 쥐어져

스스로 한 점씩 한 점씩 몰아붙이고 있었습니다

　—『오이도 7—바둑돌』 전문


　시인은 "형님"과 바둑을 두면서 "늘 집을 짓지 못해 쫓겨만" 다니기에 "한 번도 마음이 편해 본 적이 없"음을 고백한다. 그리고 그런 나의 마음을 아랑곳하지 않는 듯 "형님"의 "흰 돌은 조금도 늦추어 주는 법이 없"다. 물론 이 시는 항상 지는 바둑을 두기 때문에 마음이 불편한 사람의 심경 토로만을 담고 있지는 않다. 시를 읽다 보면 시인이 바둑을 자신의 삶에 빗대고 있음을 감지할 수 있는데, 그 단서가 되는 것 가운데 하나가 "오늘도 사무실에서 하루의 그늘을 보았습니다"

라는 구절이다. 이는 오늘도 사무실에서 지는 바둑을 두었음을 의미하는 말일 수도 있지만, 지는 바둑을 두듯 사무실에서의 일이 오늘도 풀리지 않았음을 의미하는 말일 수도 있다. 이런 읽기를 뒷받침하는 것이 "검은 돌을 쥔 사람처럼"이란 구절로, 이 구절을 다음 시 구절과 연결하는 경우 "쫓기고 또 쫓"기는 "내"가 바둑 두기에서만 쫓기고 있는 것은 아니라는 뜻을 암시한다. 그리하여 이제 "나는 쫓기고 또 쫓겼습니다"라는 구절뿐만 아니라, "이러다 집마저 날리면 하는 근심이 / 꿈 밖까지 쫓아왔습니다," "이 한 판으로 나의 작은 섬이 지워지는 것을 생각하니 / 처음부터 나는 포석을 제대로 하지 못한 것 같습니다" 등의 구절은 중의적重義的인 시 읽기를 가능케 한다. 요컨대, 바둑 이야기가 어느 사이에 삶 이야기와 중첩되고 있는 것이다.

하기야 삶을 '바둑'에 비유함은 삶을 '항해'에 비유함과 마찬가지로 전혀 새로울 것이 없다. 그럼에도 불구하고, 바둑 이야기에 삶 이야기를 중첩시키는 시인의 수법은 예사롭지 않다. 바둑 이야기로 일관하는 것 같지만 실은 삶을 이야기하고 있음에서, 또는 바둑 이야기 속에 삶 이야기를 보일 듯 보이지 않을 듯 숨겨 놓음에서 우리는 삶에 대한 시인의 여유를 읽을 수 있거니와, 비록 삶이 아무리 신산한 것이라고 해도 이는 바둑 두기 이상도 이하도 아니라는 메시지를 허허실실虛虛實實의 전법으로 전달하고 있다는 식의 설명이 가능하기 때문이다. 다시 말해, 표현에 구차함이 없고 또 억지도 없다. 바로 이런 점에서 시인은 새로울 것이 없는 비유를 새로운 것으로 만들고 있다는 판단까지 가능케 한다.

문제는 마지막 3행이다. 이제 비로소 삶을 바둑에 구체적으로 빗대어 말하는 시인과 만날 수 있다. 하지만 우리가 일반적으로 생각하는 비유와는 거리가 있다. 흰 돌이든 검은 돌이든 어느 한 쪽이 나에게 주어진 삶의 수手라고 보는 것이 일반적인 비유 체계다. 그런데 "나의 삶에서 두고 있는 흰 돌과 검은 돌"이 "이제 보니 오늘 문득 내 양손에 하나씩 쥐어져" 있다니? 그리고 그런 상태에서 "스스로 한 점씩 한 점씩 몰아붙이고 있"다니? 이 물음에 대한 답을 찾다가 우리는 문득 '혼자 두는 바둑'을 떠올리지 않을 수 없다. 삶의 현장에서 비록 "쫓기고 또 쫓"기도 하고, "집마저 날리면 하는 근심"을 하기도 하며, 또 "포석을 제대로 하지 못한 것 같"다는 후회도 해 보지만, 이는 모두 '혼자 두는 바둑'과도 같은 것일 수 있음을 시인은 문득 깨닫고 있는 것 아닐까. 즉, 내 삶이 어렵다고 하면 그것은 바로 내가 나 자신을 "몰아붙이고" 있기 때문이라는 자각에 이르고 있는 것 아닐까. 내가 나 자신을 "몰아붙이고" 있는 것이 내 삶이라는 자각은 내 삶의 지배자는 곧 나 자신이라는 자각과 다를 바 없다. 그런 자각이 있다면 어찌 삶을 여유 있게 바라보지 않을 수 있겠는가. 여기에서 우리는 "불혹이 가까워"진 나이의 시인이 같은 나이 또래의 그 어떤 시인과 비교하기 어려울 만큼 현저하게 지니고 있는 배포의 크기를 읽을 수도 있겠다.

삶에 대한 시인의 여유 때문인지는 몰라도 『오이도』에 수록된 시들에서는 시적 대상이 무엇이든 그에 대한 시인의 관찰에 여유가 느껴진다. 그리고 그런 여유 때문인지는 몰라도 그가 다루는 시적 대상은 항상 새로운 빛을 받아 새롭게 살아난다. 일찍이 새뮤얼 테일러 코울리지Samuel Taylor Coleridge는 윌리엄 워즈워스William Wordsworth의 시를 격찬하면서 워즈워스는 보통 사람의 마음의 눈에는 좀처럼 보이지 않는 바를 대상에서 찾아 드러내는 능력을 지닌 시인임을 말한 바 있는데, 『오이도』에 수록된 김종철 시인의 시에서 우리는 그런 능력이 존재함을 감지하지 않을 수 없다. 「오이도 1—섬에 가려면」이나 「소나기」와 같은 시를 보라.

바람에 날아다니는 바다를 본 적이 있으신지.
낡은 그물코 한 올로 몸을 가린 섬을 본 적이 있으신지.

이 섬에 가려면 황토길 삼십 리 지나 한 달에 한두 번 달리는 바
　　깥세상의 철길을 뛰어 넘고 다시 소금밭 둑길따라 개금재 듬
　　성듬성 박혀 있는 시오리 길을 지나면 갯마을의 고샅이 보일
　　거예요.
이 섬으로 가려면 바다를 찾지 마셔요. 물 없이 떠도는 섬, 같은
　　바다에 두 번 다시 발을 담그지 않는 섬, 이 섬을 아무도 보질
　　못하고 돌아온 것은 당신이 찾는 바다 때문이어요.
당신의 삶이 자맥질한 썩은 눈물과 토사는 이 섬을 서쪽으로 서
쪽으로 더 멀리 떨어뜨려 놓을 거예요.
십톤짜리 멍텅구리배 같은 이 섬을 만나려면, 당신 몫의 섬을 만
나려면,
당신은 몇 번이든 길을 되풀이해서 떠나셔요.
당신만의 일박一泊의 황토길과 바깥 세상의 철길을 뛰어 넘고 다
시 소금밭 시오리를 지나. . . .

─「오이도 1─섬에 가려면」 전문


몇 포기의 배추와 무를 흥정하다가
성큼 지나가는 소나기를 만났다
배추와 무우청은 두 팔을 들고
와아 하고 뛰어올랐다

77

바보같이 우리들도 두 손을 저으며 달아났다

—「소나기」 부분


아마도 개발의 여파로 인해 오늘날 육지의 일부가 되어 있는 섬 오이도, 이제는 전철의 종착역 가운데 하나에 이름을 빌려 준 섬 오이도를 그 옛날에 가본 사람이라면, 「오이도 1―섬에 가려면」에 등장하는 섬이 결코 허구의 가상적 섬이 아님을 단번에 알 수 있을 것이다. 하지만 이 시에 묘사된 오이도는 시인의 탁월한 상상력과 언어가 아니라면 결코 존재할 수 없는 섬이기도 하다. 다시 말해, 오이도는 시인 김종철에 상상력과 언어를 통해 새롭게 태어나고 있는 것이다. 한편, 「소나기」는 어떠한가. 갑작스러운 소나기의 빗줄기 세례를 받은 시장 바닥의 채소들과 사람들의 모습이 너무도 생생하게 그려지고 있지 않는가. 채소들이 "두 팔을 들고 / 와아 하고 뛰어"오르다니! "바보같이 우리들도 두 손을 저으며 달아"나다니! 시장 바닥의 정경이 어찌 이보다 더 생생하게 살아날 수 있단 말인가.

시적 대상에 대한 섬세하면서도 자유롭고, 자유로우면서도 여유 있는 관찰을 가능케 하는 시인의 상상력과 이를 뒷받침해 주는 언어의 향연은 『오이도』에서 그치지 않는다. 김종철 시인의 제3시집인 『오늘이 그날이다』와 제4시집인 『못에 관한 명상』은 각각 1990년과 1992년에 발간되었는데, 이 두 시집에서도 시적 대상은 시인 특유의 상상력과 언어를 통해 새롭게 살아나 새로운 의미로 빛나고 있다. 예컨대, 다음과 같은 예들을 보라.

붕붕 달리는 버스를 보고 있으면

보아 구렁이 속에 들어가 있는

수줍은 코끼리가 문득 떠오릅니다

달리는 코끼리 옆구리에

창문을 여러 개 그려놓고

사람들이 조롱조롱 매달려 있습니다

정류장마다

코끼리 복부에서 우루루 쏟아지는

작은 사람을 보고 있으면

차라리 행복해 보입니다

그것이 더구나 그림 동화라면

　　—「어린 왕자를 기다리며」 부분


못을 뽑습니다

휘어진 못을 뽑는 것은

여간 어렵지 않습니다

못이 뽑혀져 나온 자리는

여간 흉하지 않습니다

오늘도 성당에서

아내와 함께 고백성사를 하였습니다

못 자국이 유난히 많은 남편의 가슴을

아내는 못 본 체하였습니다

나는 더욱 부끄러웠습니다

아직도 뽑아내지 않은 못 하나가

정말 어쩔 수 없이 숨겨둔 못대가리 하나가

쏘옥 고개를 내밀었기 때문입니다

—「고백성사—못에 관한 명상 1」전문


앙투안 드 생텍쥐페리Antoine de Saint-Exupery의 『어린 왕자』(Le Petit Prince)에는 어른과 어린이를 구분케 하는 그림이 하나 나온다. 어린이가 코끼리를 집어삼킨 보아 구렁이를 그린 것이지만 어른은 다만 중절모를 떠올릴 뿐이다. 어떤 의미에서 보면, 어른이란 현실에 얽매어 굳어진 의식 세계 속에 사는 존재이고, 어린이란 자유로운 상상의 세계 속에 사는 존재라는 메시지를 담고 있는 이 이야기는 시인이 아닌 사람과 시인을 나누는 기준이 될 수도 있다. 앞서 말한 바와 같이 보통 사람이 지닌 마음의 눈에 보이지 않는 것을 꿰뚫어 보는 사람이 시인이기 때문이다. 그런데 시인 김종철은 『어린 왕자』에 등장하는 "나"보다 한술 더 떠서 "붕붕 달리는 버스"를 보고 "보아 구렁이 속에 들어가 있는 / 수줍은 코끼리"를 떠올리고 있지 않은가. 천진난만한 어린이의 것과도 같은 시인의 상상력이 있기에, 그의 시를 읽는 이들은 "그림 동화"를 보는 어린이들만큼 "행복"해지지 않을 수 없다.

물론 시인 김종철의 상상력이 이처럼 어린이의 것과 같은 것만은 아니다. 그의 대표작 가운데 하나로 꼽히는 「고백성사―못에 관한 명상 1」은 또 다른 차원에서의 상상력의 깊이를 가늠케 하거니와, 시인이 지닌 예리한 상상력의 눈은 숙명적으로 죄와 오류를 범하여 살아가야 하는 인간의 모습에서 무수한 "못 자국"을 꿰뚫어 보고 있다. 이 시에서 못 자국이란 인간이 범한 죄와 오류의 흔적일 수 있으며, 못을 뽑는다 함은 죄에 대한 참회와 속죄의 과정을 암시하는 것일 수 있다. 또한 "고백성사"는 못을 뽑는 의식儀式일 수 있다. 이 의식에 "아내"와 함께 참여한 "나"는 "못 자국이 유난히 많은 남편의 가슴"을 "못 본 체"하는 "아내"에게 더욱 부끄러움을 느낀다. "남편"이 지니고 있는 죄와 오류의 흔적을 못 본 체하는 "아내"의 이미지에서 우리가 느끼는 것은 용서와 사랑이다. 하지만 이러한 "아내" 옆에서 "내"가 더욱 부끄러워하는 이유는 무엇인가. 시인은 "어쩔 수 없이 숨겨둔 못대가리 하나가 / 쏘옥 고개를 내밀었기 때문"이라고 말한다. 이때의 "못대가리"는 성적 암시가 담긴 것으로 읽힐 수도 있거니와, 인간이라면 주체하기 어려운 욕망에 대한 부끄러움이 이 시에서 읽히기도 한다.

앞서거니 뒤서거니 1990년대 초 비슷한 시기에 발간된 『오늘이 그날이다』와 『못에 관한 명상』에는 명상의 모티프로 "못"뿐만 아니라 인간의 삶을 이루는 여러 요소가 등장하는데, 사회에 대한 시인의 예리한 비판적 시선이 선명하게 드러나 있는 「밥에 대하여 1」은 시적 호소력의 면에서 특히 주목하지 않을 수 없는 작품이다.

'사람 살고 있음'
표어가 집 밖에 크게 써붙어 있었지만
공룡을 닮은 포클레인이
지붕을 사정없이 걷어내 버렸습니다
밥상에 둘러앉은 어린애들은

어머니 품속에 팔짝 뛰어들며

자지러지듯 울어댑니다

철거반원은 욕설을 하며

아버지를 질질 끌고 나갑니다

'사람 살고 있음' 표어가

우리나라 글씨가 아닌지 모릅니다


집은 가진 사람들은

몸은 숨기고 구경을 합니다

저런 죽일 놈 하고 말을 하다가

씩씩거리는 철거반원과 눈 마주치면

먼지가 많이 나는군 하고

딴전을 부립니다

집집의 내장에서 쏟아지는

김치 냄새 된장 냄새 밑반찬 냄새가

부끄럽고 창피스러워집니다

낯모르는 이웃인 것이 여간 다행스럽지 않습니다


오늘 이 마을 박 신부님은 단식을 했습니다

물만 한두 번 마셨습니다

저들을 용서하소서

하고 기도도 했습니다

우리 박 신부님을 보고 있으면

헐벗고 집 없어 걱정하는 것이

훨씬 나은 것 같습니다

성당의 첨탑 위에 꽂혀 있는

'여기 사람 살고 있음'이라는

구원의 십자가를 보고 있으면

우리 신부님이 더욱 불쌍해 보입니다

—「밥에 대하여 1」전문


　사회나 현실에 대한 비판적 시선을 담은 시는 김종철 시인의 초기 시에도 자주 등장하지만, 그때의 비판은 젊은이다운 열정 때문인지는 몰라도 추상화의 경향을 띠고 있다. 또한 언어 역시 비판의 깊이를 지향하기보다는 비판의 강도를 높이는 쪽으로 전개되고 있다. 하지만 연륜에 따른 것인지는 몰라도 이제 비판의 시선에도 안정감과 여유가 스며들어 있음을 느끼게 한다. 그리고 시인 특유의 대상에 대한 참신하고 섬세한 관찰의 시선을 느끼게 하기도 한다. 이 시의 제1연에서 우리는 무엇보다도 "사람 살고 있음"이라는 "표어"에 눈

길을 주고 있는 시인과 만날 수 있는데, 갑작스러운 강제 철
거의 비인간성을 이 "표어"만큼 생생하게 전하는 것이 어디
있으랴. 갑작스러운 철거에 아이들은 울고 이에 항의하는 아
이들의 "아버지"는 "욕설"을 하는 "철거반원"들에게 "질질"
끌려간다. 이런 상황을 보며 시인은 빈정거리는 듯한 어투로
말한다. "'사람 살고 있음' 표어가 / 우리나라 글씨가 아닌지
모릅니다"라고. 빈정거림이 담겨 있는 듯한 이 말은 그 어떤
강렬하고 신랄한 비판의 말보다 더 설득력 있게 읽는 이의
가슴을 파고들 것이다.

　"집을 가진 사람들"의 비겁함을 "딴전을 부립니다"로 요약
하고 있는 제2연에 이르러 시인은 "집집의 내장에서 쏟아지
는 / 김치 냄새 된장 냄새 밑반찬 냄새"를 시에 끌어들인다.
이때의 음식 냄새는 초라한 삶의 냄새일 수도 있지만 사람들
이 속에 감추고 있는 비겁함의 냄새일 수도 있겠다. 그러니
어찌 "부끄럽고 창피스러워"지지 않을 수 있겠는가. 하지만
비겁함에 무관심까지 더한 것이 우리네 삶일 수 있음을 시인
은 "낯모르는 이웃인 것이 여간 다행스럽지 않습니다"라는
말로 대신하고 있다. 이 또한 비판의 강도를 더하는 빈정거
림이 아닐 수 없다. 시인의 빈정거림은 제3연에 가서도 이어
지는데, 여기에서 시인은 강제 철거가 자행되고 있는 엄연한

현실 앞에서 이루어지는 "신부님"의 "단식"과 "기도"가 얼마나 희극적인 것인가를 암시한다. "'여기 사람 살고 있음'이라는 / 구원의 십자가를 보고 있으면 / 우리 신부님이 더욱 불쌍해 보입니다"라는 말에 담긴 시인의 빈정거림은 현실 사회에서 종교의 의미와 역할을 되짚어 보도록 읽는 이들을 유도하거니와, 이로 인해 사회에 대한 시인의 비판적 시선은 한결 더 무게를 얻게 된다.

## 4. 『등신불 시편』, 또는 열린 시 세계를 향하여

김종철 시인의 제5시집 『등신불 시편』이 출간된 것은 제4시집이 출간되고 나서 대략 10여 년 후인 2001년으로, 이 시집의 서문에서 시인은 "젊은 시절 나는 / 끝장을 봐야 직성이 풀렸다 하지만 그 끝은 / 언제나 고통과 좌절뿐이었다 // 요즘 나는 한 말씀을 얻었다 / 그것은 결말을 구하지 않는 법法이다 / 이제는 어디에도 끝이 없다"라고 쓰고 있다. 시의 형식을 빌려 전하는 이 서문 자체가 이제까지 나온 그의 시집들의 서문에 비하면 예외적이다. 즉, 어느 때보다도 짧아졌고 또 어느 때보다도 함축적인 것으로 바뀌어 있다. 사실 이 같은 변화는 시인의 시 세계가 어떻게 바뀔 것인지를 예고하는 것이기도 하다. 『등신불 시편』에 수록된 시들이 서술적 완결을 지향하는 '닫힌' 시가 아니라 "결말을 구하지 않는" '열린' 시로 읽히는 것은 이 같은 변화와 무관한 것이 아니리라. 우리가 여기에서 '열린' 시라 함은 서술적으로 완결된 시보다는 관조의 언어를 통해 직관적으로 물음을 던지고 답을 구하는 시, 또는 물음을 던지되 애써 답을 구하지 않는 시를 가리킨다. 아울러, 시적 여백이 넓고 깊은 시를 가리킨다. 두 편의 예를 들어 보자.

새 한 마리가 날아왔다 땅바닥을 건성으로 쪼다가
뛰다가 다시 톡톡 쫓다가 섰다가 총총총 뜀박질
하다가 두어 번 휘익 날다가 자취를 감추었다
그 날 내가 본 히말라야 산맥 중 어느 한 산봉우리도
이와 같아 제대로 보질 못하고 그만 놓쳐버렸다
　　　―「두타행―산중문답 시편 6」 전문

식사하셨는지요
머물 곳은?
이런 인사를 주고받는 곳에 있지 않다면
그대는 진정 히말라야를 보게 될 것이다

그러나 나는 축복이 필요했다

따뜻한 음식과 편한 잠자리만 찾다보니

몇 장의 사진 속에

허옇게 죽어 나자빠져 있는 산만 담아왔다

　　　　─「죽은 산─산중문답 시편 7」 전문


「두타행─산중문답 시편 6」의 첫 3행에서 시인은 더할 수 없이 촘촘하고 세밀하게 대상을 관찰한다. 어떤 의미에서 보면, 이 같은 시인의 관찰은 이제까지 발표한 김종철 시인의 시 세계를 특징짓는 미덕이기도 하다. 하지만 시인은 이제 이를 부정한다. 이 같은 눈길로 보다가 결국 "히말라야 산맥 중 어느 한 봉우리"도 "제대로 보질 못하고 그만 놓쳐버렸"기 때문이다. 섬세한 눈길은 작은 것을 보는 데 유용하나, 거대한 것을 제대로 보는 데 별다른 도움이 되지 못할 수도 있다. 그렇다면, 그것이 무엇이든 "히말라야 산맥"의 "산봉우리"와도 같이 거대한 것을 보기 위해서는 어떤 시선이 필요한가. 어떤 의미에서 보면, 이 시 자체에 물음에 대한 답이 있는지도 모른다. "새 한 마리"의 나타남에서 사라짐에 이르기까지 집요하고 완벽하게 관찰하는 선─즉, "끝장"을 보았다고 할 만큼 철저하게 관찰하는 지경―을 뛰어넘어 "어디에도 끝이 없"음을 자각하는 것, 그 자체가 물음에 대한 답일 수 있지 않을까. 아니, 다른 의미에서 보면, 시인은 이 시에서 물음에 대한 답을 구하고 있지 않다. 즉, 문제 제기로 이 시는 끝나고 있다고 할 수도 있다.

그런 까닭에 우리는 「죽은 산―산중문답 시편 7」에도 주목하지 않을 수 없는데, 이 시는 「두타행」에 대한 답일 수도 있기 때문이다. "진정 히말라야를 보"기 위해서는 "식사하셨는지요 / 머물 곳은? / 이런 인사를 주고받는 곳에 있지 않"아야 한다니? 현세적인 삶의 굴레에 얽매이지 말아야 한다는 메시지를 우리는 제2연에 쉽게 읽을 수 있다. "끝장"을 보려는 마음의 노예가 되었을 때, 그리고 현세적 삶의 안위에 매달릴 때, 우리가 볼 수 있는 것은 다만 "몇 장의 사진 속"에 담긴 "허옇게 죽어 나자빠져 있는 산"뿐이다. 이런 의미에서 진정한 '봄'은 어떻게 가능한 것인가에 대한 물음과 답을 담고 있는 것이 이 시일 수 있다.

하지만 물음에 대한 답이 여전히 오리무중이라고 생각하는 사람이 있다면 다음 시가 의미하는 바를 깊이 천착해야 할 것이다.

등신불을 보았다

살아서도 산 적 없고

죽어서도 죽은 적 없는 그를 만났다

그가 없는 빈 몸에

오늘은 떠돌이가 들어와

평생을 살다 간다

　　―「등신불―등신불 시편 1」 전문


　"살아서도 산 적 없고 / 죽어서도 죽은 적 없"다니? 이는 물론 불교에서 말하는 생사일여生死一如의 경지를 말하는 것이리라. 그리고 그런 경지에 이른 존재 가운데 하나가 등신불일 것이다. 시인은 바로 그 등신불과 마주한다. 그런데 "그가 없는 빈 몸에 / 오늘은 떠돌이가 들어와 / 평생을 살다 간다"니? 이는 시인이 등신불과 하나가 되는 경지를 체험함을 의미하는 것일 수 있다. 하나가 됨으로써 시인 역시 '내가 없는 빈 몸'으로 바뀌는 경지에 도달함을 말하는 것일 수 있는 것이다. 물론 그 순간의 시간은 현세적 시간으로 측정할 수 없는 순간의 시간이자 영원의 시간이기도 하다. 생사일여의 경지에서 "평생"이란 곧 영원일 수 있기 때문이다. 이런 관점에서 보면, 내가 없어지고 대상이 없어지는 동시에, 내가 대상이 되고 대상이 곧 내가 되는 극적인 경지—말하자면, 코울리지가 신플라톤 학파의 플로티누스Plotinus와 선험철학자 셸링Friedrich Schelling의 영향 아래 옹호한 "최상의 고귀한 직관적 인식"에 도달한 경지—를 시인은 체험했음을 암시하고 있는지도 모른다. 설사 그런 신비의 경지를 체험하지 못했다고 하더라도 이 경지의 중요성을 깨달았는지도 모른다. 어찌 되었건, 이제 문제가 되는 것은 내가 없어지는 경지, 언어까지 포함하여 모든 것을 초극하여 "빈 몸"에 이르는 경지다. 하지만 역설적으로 "빈 몸"의 경지를 인식하거나 체험하고자 할 때 필요한 것이 바로 언어 아닌가. 이를 우리는 '빈 몸의 언어'라고 잠정적으로 규정하기로 하자. 요컨대, 시인의 물음과 답 끝에 놓이는 것은 다름 아닌 '빈 몸의 언어'다. 그 언어에 대한 시인의 탐구를 기대해 본다.

## 5. 다시 칼릴 지브란과 오마르 카얌

시애틀에서의 생활을 마감하고 귀국한 다음 나는 이번에도 역시 용산의 선술집에서 김종철 시인과 마주하게 되었다. 술잔을 기울이며 내가 그에게 말을 건넸다. "오마르 카얌의 『루바이야트』에 대한 애정을 충분히 이해하겠더군요." 그가 어리둥절한 표정으로 물었다. "오마르 카얌의 『루바이야트』라니?" "아, 지난번에 새로 번역해 보자던 그 시집 말입니다." "그게 아니오. 내가 말한 건 칼릴 지브란의 『예언자』요." 아니, 이럴 수가! 나는 그 동안 엉뚱한 시집을 내 멋대로 월남의 하늘 아래서 시를 읽고 있는 젊은 병사 김종철 및 그의 시 세계와 연결하고는 제멋대로 상상의 날개를 폈던 것이다.

시인의 말을 듣고 황당해하는 순간, 문득 떠오르는 것이 마르틴 하이데거Martin Heidegger의 「예술 작품의 기원」("Der Ursprung des Kunstwerkes")이라는 글이었다. 이 글에서 하이데거는 반 고흐Van Gogh의 그림에 소재가 된 신발의 주인공을 농부 여인으로 단정한 채, 그 그림이 우리에게 전하는 바의 진실이 무엇인가를 분석하였다. 문제는 후에 어떤 미술 사학자가 끈질긴 노력 끝에 문제의 그림에서 소재가 된 것은 농부 여인의 신발이 아니라 고흐 자신의 신발임을 밝혀 냈다는 데 있다. 이로 인해 하이데거의 글이 갖는 권위는 논쟁거리가 되지 않을 수 없었다. 어떤 논쟁이 있었든, 당신은 하이데거의 글에 대해 어떤 입장을 취할 것인가. 가치 없는 것으로 폄하해 버리고 말 것인가. 아니면, 오류에도 불구하고 그 권위를 여전히 인정할 것인가.

나는 후자의 편에 서 있다. 그렇다고 해서, 감히 하이데거와 같은 대철학자를 들먹이는 가운데 나의 착각과 실수에 눈 감아 버리겠다는 뜻은 아니다. 그렇게 하는 것은 언어도단言語道斷이 아닐 수 없다. 하지만 한 시인의 시 세계와 또 한 시인의 시 세계를 연결하는 일이 비록 자의적恣意的인 것이라고 하더라도 나름의 의미를 가질 수 있다면 최소한 부정하지는 말아야 하지 않을까. 인간의 삶에 고정된 법칙이 없는 것처럼 문학에도 고정된 법칙이 없기 때문이다. 이런 식으로 나의 착각과 실수를 변명하는 동안 시인 김종철이 칼릴 지브란의 시 구절을 읊조린다. "서로 사랑하라, 그러나 사랑의 노예가 되지는 말라. 사랑이 그대들의 영혼의 해변 사이에서 찰랑이는 바다가 되도록 하라." 그는 잠시 후에 또 한 구절을 되뇐다. "함께 서 있으라. 하지만 너무 가까이 하지는 말라. 사원의 기둥들도 거리를 두고 서 있는 법이니. 떡갈나무도 삼나무도 서로의 그늘 아래서는 자랄 수 없는 법이니." 아름답다. 이처럼 아름다운 칼릴 지브란의 『예언자』를 왜 이제까지 몰랐던가. 문학도로서 가야 할 길이 아직도 멀다는 생각에 새삼 온몸의 힘이 빠졌다. 하지만 모른다는 사실을 아는 순간이 앎을 향한 가장 빠른 순간임을 어찌 부정할 수 있으랴. (2007년 봄)

# 세상의 모든 못과 '못의 사제'와 자리를 함께하여

―김종철 시인의 이어지는 '못에 관한 명상'과 그 의의

## 1. 뽑히고 구부러짐을 당하는 무력한 '못' 앞에서

인류가 못을 처음 사용한 것은 어느 때일까. 재질이 무엇이었든, 형태가 어떤 것이든, 추측건대 인류가 못을 제조하여 사용한 역사는 인류 문명사와 거의 그 맥을 같이하는 것이리라. 하지만 못 자체에 관한 기록은 쉽게 찾아볼 수 있는 것이 아니다. 아마도 우리에게 입수 가능한 드문 기록 가운데 하나가 솔로몬의 성전을 짓기 위해 재료를 준비했던 다윗 왕에 관한 성경의 기록일 것이다. 성경에 의하면, 다윗은 성전을 짓기 위해 "대문짝에 쓸 못과 꺾쇠를 만들 쇠를 많이 준비하고, 청동은 무게를 달 수 없을 만큼 많이 준비하였다"(역대기

상권 22장 3절)고 한다. 하지만 그가 마련했던 못의 형태는 어떠했고 크기는 어떠했을까. 하기야 궁금한 것이 어찌 다윗의 못뿐이랴. 인류가 그들의 손으로 이룩해 놓은 헤아릴 수 없는 창조물들을 와해되지 않도록 지탱해 주었고 여전히 지탱해 주고 있는 모든 못이, 보이지 않는 곳에서 한순간도 긴장의 끈을 놓지 않은 채 그 역할을 해 왔고 또 여전히 하고 있는 그 모든 못이 우리에게 궁금증을 불러일으키기도 한다.

못이 존재하지 않았다면 과연 옛날의 문명과 오늘날의 문명이 가능했을 것인가. 이런 방향으로 생각을 이어나가다 보면 못의 중요성을 새삼 느끼지 않을 수 없다. 그럼에도 불구하고, 사람들은 못을 소중하다고 생각하거나 대단한 것처럼 여기지 않는 것처럼 보인다. 못에 대한 기록 자체가 희박하다는 사실 자체가 이를 증명하는 것 아닐까. 아무튼, 못이 이처럼 사람들의 관심 바깥에 있는 이유는 무엇일까. 행여 못이 너무도 충실하게 자신의 역할을 수행하기 때문은 아닐까. 예컨대, 못이 인간의 기대와 달리 긴장의 끈을 늦추지 않기를 거부했다고 하자. 아니, 못이 못의 역할을 거부했다고 하자. 그리하여 인간의 손길이 이룩해 놓은 모든 구조물을 순식간에 와해하도록 했다고 하자. 아마도 그런 상황이 벌어지는 경우 인간은 못의 소중함을 새삼스럽게 깨닫게 될지도 모르겠다.

　바로 이런 의미에서 못은 '민중'과도 같은 존재다. 거대한 인간사의 현장을 하나의 현장으로 존재하게 하고 또 인간사를 살아 숨 쉬게 하는 것은 바로 보이지 않는 곳에서 그 현장의 각 부분을 유기적으로 연결한 채 그 안에서 주어진 제 역할을 수행하는 민중이 아니겠는가. 그럼에도 불구하고 우리는 민중에 큰 의미를 두지 않는다. 우리는 다만 거대한 기둥과도 같은 존재들만을 기억할 뿐이다. 그리고 그들이 인간사의 현장을 구성하는 전부로 착각한다. 하지만 이처럼 보이지 않고 보잘것없어 보이는 이 민중을 인간사의 현장에서 사라지게 했다고 하자. 무엇이 남겠는가. 못이 제 역할을 하지 못함으로써 모든 것이 와해된 문명의 현장과 다를 바 없는 죽음과 정적의 세계만이 남으리라.

　이 인간사의 현장에서 민중은 제 역할을 충실히 수행하는 못과 같은 역할을 하기도 하지만, 때로 구부러지나 잘린 못처럼 한구석에 불구의 모습으로 처박혀 있을 수도 있다. 그리고 때로는 버려져 녹슬고 있는 못처럼 아직도 제 역할을 수행하고자 하는 꿈을 간직한 채 구석에서 때를 기다리고 있거나 모든 것을 포기한 채 무명無明의 삶을 살아가고 있을 수도 있다. 그런 삶을 산다고 해서 그와 같은 삶이 생기와 의미

를 소진한 삶이라는 뜻은 아니다. 뽑혀져 이미 못의 역할을
끝낸 못이 아니라면 세상의 모든 못들이 여전히 못이듯, 삶
의 현장에서 삶을 살아가는 모든 민중은 나름대로 의미 있는
삶을 살고 있는 존재다. 아니, 뽑힌 못이라고 하더라도 펴서
다시 사용할 수 있듯, 이 세상에 의미 없는 민중이란 결코 있
을 수 없다. 우리는 시인 김종철의 다음과 같은 시에서 그와
같은 민중과 만날 수 있다.

못을 모아 둡니다
큰 못 작은 못 굽은 못 잘린 못
녹슨 못 몽톡한 못 방금 태어난
은빛 못까지 한자리에 모아 둡니다

재개발 지역 사람들은
한자리에 모여 토론을 합니다
걱정뿐입니다 걱정과 회합 뒤에는
으레 술도 마시고 화투도 칩니다
아낙네는 해묵은 이야기로 입씨름하고
골목길은 아이들의 울음으로 더욱 좁아집니다
떠나기 전에 들어와야 쓰것는디

늙은 어머니는 집 나간 아들놈 때문에

매일 조금씩 우십니다


못은 못일 뿐입니다

한 번 박힌 못은

박힌 대로 살아야 합니다

뽑혀져 나온 못은 못이 아닙니다

굽은 것을 다시 펴고 녹슨 것을 다시 손질해 두어도

한 번 뚫린 못 자리는

언제나 내 자리입니다

한 번 비끄러매 두었던 길과 사람과 인정이

더 이상 크지 않고 늙지 않는 소인국으로

우리 꿈속에 남아 있기 때문입니다.

―「소인국의 꿈―못에 관한 명상 · 4」 전문


　가지각색의 못을 "한자리에 모아" 둔 상자와도 같은 것이 바로 우리네 삶의 현장일 수 있다. 위에 인용한 시는 그와 같은 삶의 현장 가운데 하나인 "재개발 지역"―그러니까, 도시의 이곳저곳 돌아다니다 보면 우리 눈에 띄기도 하는 을씨년스럽고 살풍경한 재개발 지역―을 소재로 하고 있다. 그런데 위의 시 제2연에서 확인할 수 있듯 시인의 눈에 비친 그곳 재개발 지역의 사람들은 "걱정"에도 불구하고 삶의 생기를 잃지 않고 있다. 술 마시고 화투를 치는 사람들, 해묵은 이야기로 입씨름하는 아낙네들, 모두가 살아 있는 삶의 현장을 더할 수 없이 생생한 것으로 만든다. 하지만 삶의 현장에 대한 간명하나 생생한 시인의 묘사를 더욱 생생한 것으로 만드는 것은 따로 있는데, 그것은 바로 "골목길은 아이들의 울음으로 더욱 좁아집니다"라는 구절이다. 아이들의 울음소리로 골목길이 더욱 좁아지다니! 어찌 이보다 삶의 기운을 더 생생하게 살리는 표현이 가능할 수 있겠는가. 하지만 시인의 묘사는 이것으로 끝나지 않는다. "떠나기 전에 들어와야 쓰것는디 / 늙은 어머니는 집 나간 아들놈 때문에 / 매일 조금씩 우십니다." 아들을 걱정하는 어머니의 울음이 재개발 지역의 사람들의 삶을 너무도 인간적이고 너무도 따뜻한 것으로 만들고 있지 않은가. 걱정과 근심에도 불구하고, 인간은 삶을 살아간다. 너무도 당연하지만 너무도 쉽게 무시되는 엄연하고도 장엄한 이 진실을 생생하게 전할 수 있는 시는 결코 우리 주위에 많지 않다. 따지고 보면, '그래도 인간은 삶을 살아간다'는 진실 때문에 그들의 걱정과 근심은 더욱 생생한 것이 되는 것이리라.

"한자리에 모아" 둔 못과도 같은 재개발 지역 사람들의 삶에 눈길을 주던 시인은 제3연에 이르러 이렇게 말한다. "한 번 박힌 못은 / 박힌 대로 살아야 합니다." 시인의 이 말이 뜻하는 바는 무엇인가. 이 물음에 답하기에 앞서 우리는 재개발로 인해 그 지역에 살던 사람들이 얻는 것은 무엇인가를 물을 수 있다. 아니, 누구를 위한 재개발인가를 물을 수 있다. 물론 이 물음에 대한 답은 간단하다. 재개발은 그 지역에 살던 사람을 위한 것이 아니다. "집 나간 아들놈"을 걱정하는 어머니의 눈물이 예고하듯, 그들은 남들에게 살던 곳을 물려주고 "떠나"야 한다. 말하자면, 못이 뽑히듯 삶의 터전에서 뿌리 뽑혀야 한다. "박힌 대로 살"지 못하고 "뽑혀져 나"가야 하는 것이다. 바로 이 같은 현실이 옳지 않은 것임을 시인은 "한 번 박힌 못은 / 박힌 대로 살아야 합니다"라는 말을 통해 전하고 있는 것이다. 이어서 시인은 "굽은 것을 다시 펴고 녹슨 것을 다시 손질해" 둔다고 하더라도 "뽑혀져 나온 못은 못이 아"님을 말한다. 물론 앞서 말한 것처럼 "뽑혀져 나온 못"도 손질하여 다시 쓸 수 있다. 하지만 시인은 이를 인정치 않고자 한다. 아마도 여기에서 우리는 뿌리 뽑힌 채 떠난 사람들의 삶이 결코 삶다운 삶일 수 없으리라는 시인의 비판을 읽을 수 있으리라.

추측건대, 시인도 인정하겠지만 이 같은 비판에도 불구하고 재개발은 이루어져 왔고 또 이루어질 것이다. 결국 재개발의 위력 앞에서 시인 역시 "재개발 지역 사람들"과 마찬가지로 무력한 존재일 뿐이다. 어찌 보면, "한 번 박힌 못은 / 박힌 대로 살아야 합니다"라는 정중한 어조의 말 자체가 무력함의 암시로 읽히기도 한다. 하기야 시인이 시를 통해 격렬한 어조로 비판한다고 해서 어느 재개발 주체가 꿈쩍이라도 하겠는가. 그런 맥락에서 보면, "한 번 뚫린 못 자리는 / 언제나 내 자리"라는 시인의 말 역시 힘없는 자기주장으로 들리기도 한다. "한 번 뚫린 못 자리"조차 단번에 지워버리는 것이 이른바 재개발이 아닌가. 그럼에도 불구하고, 이 시는 결코 무력한 시인의 공허한 비판으로 읽히지 않는다. 그 이유는 무엇인가. 아마도 시인이 이 시에서 이야기하는 것이 다름 아닌 "꿈"이기 때문이리라. "한 번 비끄러매 두었던 길과 사람과 인정이 / 더 이상 크지 않고 늙지 않는 소인국으로 / 우리 꿈속에 남아 있기 때문"에 "한 번 뚫린 못 자리는 / 언제나 내 자리"라는 시인의 말을 새겨 읽는 경우, "한 번 비끄러매 두었던 길과 사람과 인정이 / 더 이상 크지 않고 늙지 않는 소인국으로 / 우리 꿈속에 남아 있"는 이상, 현실 속의 "내 자리"는 지워질지라도 마음속의 "내 자리"는 영원히 남아 있으리라는 말로 읽을 수도 있지 않은가. 어찌 보면, 이 시의 제2연을 통해 제시된 정경 자체가 시인이 우리의 마음속에 영원히 남겨 놓는 "더 이상 크지 않고 늙지 않는 소인국"으로 느껴지기도 한다. 이처럼 "더 이상 크지 않고 늙지 않는 소인국"이 우리 마음속에 존재하는 한, "한 번 뚫린 못 자리"로서의 "내 자리"는 적어도 우리 마음속에 영원할 것이다. 어찌 보면, 최근의 시집 『못의 귀향』(시와시학, 2009)에서 시인이 말하는 "초또 마을"이 바로 "더 이상 크지 않고 늙지 않는 소인국"의 한 예일 것이다. "초또 마을"의 정경이 보여 주듯, 그 모든 걱정과 근심에도 불구하고 삶이 삶다웠던 때에 대한 기억은 우리 마음속에서 사라지지 않으리라.

재개발의 논리와 위력 앞에서 무력한 못과 같은 존재가 어찌 "재개발 지역 사람들"뿐이랴. 어찌 보면, 우리 모두가 우리 의지와 관계없이 뿌리 뽑히고 구부러짐을 당하는 무력한 못과 같은 존재일 수 있다. 하지만 우리의 마음속에 "더 이상 크지 않고 늙지 않는 소인국"이 존재하는 한 우리는 마음속의 "내 자리"를 지킬 수 있다. 비록 무력한 못과 같은 존재가 우리들이긴 하지만, 우리에게 그와 같은 꿈을 제공하고 그와 같은 꿈에 대한 믿음을 갖게 하는 이가 있다면 그는 마땅히 "못의 사제"라고 할 수 있을 것이다.

## 2. 타인과 자신에게 상처를 주는 '못' 앞에서

제4시집『못에 관한 명상』(시와시학, 1992)의 서문에서 김종철 시인은 "이제부터 못을 소재로 평생 시를 쓸 것"임을 다짐한 바 있는데, 실제로 그의 시 세계에서 우리는 무수한 못의 이미지와 만날 수 있다. 이미 앞서 살펴보았듯, 그의 시에 등장하는 못은 무엇보다도 세계를 구성하는 개별적 또는 집합적 인간을 가리키는 것일 수 있다. 말하자면, 눈에 띄지 않는 곳에 위치하여 인간과 인간을, 인간과 세상을 단단하게 연결해 주는 하나하나 못과도 같은 존재가 시인의 눈에 비친 인간의 모습일 수 있다. 정녕코 인간의 삶이 의미 있고 따뜻하고 아름다울 수 있는 것은 바로 스스로 못이 되어 세상을 와해되지 않도록 하는 인간들이 있기 때문이다. 김종철 시인의 시에서는『못의 귀향』에서 확인할 수 있듯 때로는 아버지, 어머니, 형, 누나, 외삼촌, 친구, 친구 아버지 등등 주변의 사람들이, 때로는 앞서 살펴본 바와 같은 "재개발 지역 사람들"처럼 그의 시선에 잡히는 세상의 모든 사람이 그와 같은 못으로 등장한다.

　물론 김종철 시인의 시를 장식하는 못의 이미지는 그처럼 일의적一義的인 것만은 아니다. 그의 시에서는 때로 우리의 삶을 고통스럽게 하는 상처와 아픔의 원인 제공자가 못의 이미지로 등장하기도 하고, 때로 우리의 욕망이나 죄의식 자체가 못의 이미지로 등장하기도 한다. 어찌 보면, 인간이란 숙명적으로 죄와 오류를 범하며 삶을 살아가는 존재인 동시에 이로 인해 타인에게 또는 자기 자신에게 상처와 고통을 주며 삶을 살아가는 존재로, 김종철 시인이 지닌 것과 같은 넓고 깊은 상상력의 눈으로 보면 인간이란 타인이나 자신에게 상처를 입히는 못과 같은 존재임을 부정할 수 없을 것이다. 당연한 이야기일지 모르지만, 못과 같은 존재로서의 타인 및 자기 자신과의 만남을 이어가는 가운데 인간은 무수한 상처를 입게 될 것이며 그 과정에 상처의 흔적을 못 자국처럼 마음속에 지니게 될 것이다.

김종철 시인이 "못의 사제"임은 이처럼 타인과 자신에게 상처를 주는 못으로 존재할 수밖에 없는 모든 인간을 껴안고자 하고 또 그들의 숙명을 이해하고자 하기 때문이기도 하다. 아니, 못으로 존재할 수밖에 없는 인간이 지니는 아픔을 함께 나누고 그들이 마음에 지닌 못 자국을 어루만져 주고자 하기 때문이기도 하다. 하지만 사제가 진정한 의미에서의 사제가 되기 위해서는 선결 조건이 있는데, 그것은 바로 사제 자신도 타인과 자신에게 못일 수 있음에 대한 자기반성일 것이다. 말하자면, 너새니얼 호손Nathaniel Hawthorne의 『주홍글자』
(The Scarlet Letter)에서 딤즈데일 목사가 자신의 가슴에 새겨
진 '에이'A자를 사람들에게 보여 주는 참회 의식과도 같은 사
제 자신의 참회 의식이 무엇보다도 앞서야 하리라. 시인 김
종철은 그 모든 "못에 관한 명상"의 맨 앞자리에 자기 자신
의 "고백성사"를 위치시키고 있거니와, 이 사실이 의미하는
바는 결코 사소한 것일 수 없다. 이미 앞선 논의에서 이 시에
대한 읽기를 시도한 바 있지만, 바로 이 작품이 지닌 의미의
깊이와 무게를 감안할 때 이에 대한 새로운 논의는 여전히
새로운 것이 아닐 수도 있다.

　　못을 뽑습니다
　　휘어진 못을 뽑는 것은
　　여간 어렵지 않습니다
　　못이 뽑혀져 나온 자리는
　　여간 흉하지 않습니다
　　오늘도 성당에서
　　아내와 함께 고백성사를 하였습니다
　　못 자국이 유난히 많은 남편의 가슴을
　　아내는 못 본 체하였습니다

나는 더욱 부끄러웠습니다

아직도 뽑아내지 않은 못 하나가

정말 어쩔 수 없이 숨겨둔 못대가리 하나가

쏘옥 고개를 내밀었기 때문입니다

— 「고백성사─못에 관한 명상 1」 전문


　앞선 글에서 이미 논의한 바 있듯, 위의 시에서 못 자국이
란 시인 자신이 범한 죄와 오류의 흔적이리라. 그리고 못을
뽑는다 함은 죄와 오류에 대한 참회와 속죄의 과정을 암시하
는 것이리라. 아울러, 되풀이해서 말하지만, 고백성사란 그
와 같은 못을 뽑는 의식일 수 있는데, 이 의식에 아내와 함께
참여한 시인은 "못 자국이 유난히 많은 남편의 가슴"을 "못
본 체"하는 아내에게 부끄러움을 느낀다. 무엇 때문인가. 남
편이 간직하고 있는 죄와 오류의 흔적을 "못 본 체"하는 아내
때문이 아닐까. 이때의 아내는 함께 고백성사에 참여한 동반
자일 수도 있지만, 이와 동시에 남편의 고백을 듣고 그 죄를
사하여 주는 사제와 같은 존재일 수도 있다. 사제는 신을 대
신하여 고백성사에 임하는 자의 죄를 용서해 주는 자가 아닌
가. 하지만 이러한 아내 옆에서 시인이 "더욱" 부끄러워지는
이유는 무엇인가. 거듭 되풀이해 말하지만, 고백성사를 하는

순간에도 "아직도 뽑아내지 않은 못 하나가 / 정말 어쩔 수 없이 숨겨둔 못대가리 하나가 / 쏘옥 고개를 내밀었기 때문"이다. 묘하게 들릴지 모르겠지만, 시인의 "고백성사"라는 시는 시인 자신이 성실한 마음으로 고백성사에서 임하지 않았음에 대한 고백성사일 수도 있다. 고백성사에서조차 무언가를 숨기고자 했다는 점에서 그러하다.

문제가 되는 것은 고백성사에서조차 숨기고자 했던 못대가리 하나가 "쏘옥" 고개를 내밀었다는 고백을 다름 아닌 시를 통해 시인이 하고 있다는 점이다. 말하자면, "고백성사"라는 제목의 이 시는 고백성사에 관한 시이기도 하지만, 그 자체로서 또 하나의 고백성사일 수도 있는 것이다. 다시 말해, 고백성사의 과정에 느꼈던 부끄러움과 그 원인을 고백하는 또 하나의 고백성사가 바로 이 시일 수도 있다. 고백성사에 관한 고백성사라니? 시에 담긴 고백성사가 신을 향한 것이라면, 고백성사로서의 이 시는 누구를 향한 고백성사인가. 다름 아닌 독자를 향한 고백성사가 아닌가. 그렇다면, 신 앞에서 고백하지 못했던 것이 있음을 독자를 향해 고백하는 셈이되지 않는가. 이 같은 행위에서 암시되는 불경不敬을 어찌할 것인가. 신에게 고백하지 못한 것이 있음을 인간인 독자에게 고백하다니! 하지만 이 같은 행위는 결코 불경일 수 없으니,

신 앞에서의 인간과 인간 앞에서의 시인이 같을 수 없기 때문이다. 역설적이긴 하나, 시인은 신 앞에서 어쩔 줄 몰라 하는 이른바 '가여운 어린 양'이다. 죄를 고백하는 순간에도 자신의 또 다른 죄 때문에 어쩔 줄 몰라 하는 '가여운 어린 양'인 것이다! 하지만 또 하나의 인간으로서 인간인 자신을 바라보는 인간으로서의 시인은 이미 마음의 평정을 되찾은 상태다. 신 앞에서 어쩔 줄 몰라 하던 자신을 되돌아보고 이를 허심탄회하게 말할 수 있을 정도로. 여기에서 암시되는 마음의 평정은 어쩌면 인간이 자신과 같은 인간을 향해 느끼는 유대감의 표현일 수도 있겠다. 부모님에게 말 못 하는 것을 친구한테 말할 때 친구에게 느끼는 것과 같은 종류의 유대감을 시인은 독자에게 느끼고 있는 것 아닐까. 바로 이 사실을 통해 우리가 느끼는 것이 있다면, 시인 김종철이라는 "못의 사제"는 다가가기 어려운 근엄한 사제가 아니라 우리와 다를 것이 하나도 없는 너무도 '인간적인 사제'라는 점이리라.

사실 못과 못 자국과 관련하여 우리가 떠올릴 수 있는 가장 강력한 고통의 이미지는 십자가에 못 박힌 예수일 것이다. 성경에 의하면, 자신이 짊어지고 온 십자가에 못 박힌 예수는 "저의 하느님, 저의 하느님, 어찌하여 저를 버리셨습니까?"라고 부르짖고는 얼마 후 "다시 큰 소리로" 외치고 나서

숨을 거둔다(마태오 복음서 27장 46, 50절). 숨을 거둔 예수는 며칠 후에 부활하여 의심하는 제자에게 자신의 손에 있는 못 자국을 내보이며 말한다. "네 손가락을 여기 대 보고 내 손을 만져 보아라"(요한 복음서 20장 27절). 예수의 수난과 그 수난의 흔적에 관한 이 이야기에서 우리는 무엇보다도 예수의 고통과 그 고통의 흔적을 읽을 수 있다. 아울러, 가해자로서의 인간들과 의심하는 자로서의 인간들의 모습도 읽을 수 있다. 어떤 관점에서 보면, 시인 김종철이 자신의 시에서 못과 못 자국을 이야기할 때 그가 마음속에 담고 있는 것은 바로 예수의 수난과 그 수난의 흔적인지도 모른다. 또한 죄 많은 존재로서의 인간들과 의심 많은 존재로서의 인간들의 모습을 자신의 마음속에 담고 있는지도 모른다.

요컨대, 타인에게 고통을 가하는 죄 많은 존재, 흔적이라도 확인하지 않고서는 믿지 못하는 의심 많은 존재가 바로 인간일 것이다. 바로 이 같은 인간에게 기독교는 '십자가 체험'이라는 의식을 요구하기도 하는데, 실제로 손에 못을 박는 의식까지 치르는 경우도 있다고 한다. 이는 예수의 고통을 직접 체험함으로써 인간의 죄를 대속代贖한 예수의 사랑을 몸소 깨닫고 이해하기 위한 것이리라. 김종철 시인은 이 같은 '십자가 체험'은 의식의 차원이 아니라 일상의 차원에서 이루어질 수 있는 것임을 암시하기도 하는데, 『못의 귀향』에서 시인은 다음과 같이 고백한다.

> 신혼 시절 가끔 부부싸움을 하였습니다
> 그때마다 아내는
> 나를 자신의 십자가라고 했습니다
> 남몰래 울기도 했다 합니다
> 나는 오래도록 잊지 않았습니다
> ─「아내의 십자가」 부분

위의 시에서 고통의 주체는 물론 "아내"다. 아내가 "나"를 "십자가"라고 하다니? 여기에서 우리는 물론 십자가를 지고 처형의 장소까지 갔던 예수의 모습을 떠올릴 수 있을 것이다. "신혼 시절"의 "부부싸움"이라는 갈등으로 인해 아내는 예수가 겪었을 법한 고통을 겪을 수밖에 없었을 것이다. 어찌 "나"라는 존재가 단순히 짊어지고 가기만 하면 되는 십자가이기만 했으랴. 비록 시에는 언급되어 있지 않지만, 시인은 스스로 못이 되어 아내를 그 십자가에 못 박았었는지도 모른다. 이처럼 타인에게 고통을 가하고 상처를 주는 죄 많은 존재로서의 자신에 대한 자각이 각별한 의미를 갖는다면,

이는 "나" 자신이 이를 "오래도록 잊지 않았"기 때문이리라. 자신이 타인에게 십자가이자 못일 수 있음을 오래도록 잊지 않고 기억하는 것, 시인의 '못에 관한 명상'이 그 힘을 잃지 않는다면 이는 바로 이 같은 마음가짐을 시인 자신이 간직하고 있기 때문일 것이다.

### 3. 타인이나 자신의 의식을 일깨우는 '못' 앞에서

이제까지 우리는 김종철 시인의 시에서 못은 세계를 결합하는 존재로서의 인간에 대한 비유일 수도 있음을, 또 운명적으로 죄와 욕망과 의심의 주체로서의 인간에 대한 비유일 수도 있음을 확인해 보았다. 김종철 시인이 자신의 시에서 제시하는 못의 이미지는 이것이 전부일까. 적어도 한 가지 더 고려해야 할 사항이 있다면, 그의 시에서 못의 이미지는 때로 우리의 잠든 의식을 일깨우는 각성의 주체로 등장하기도 한다는 점이다. 다시 말해, 인간은 때때로 타인이나 자신의 의식을 일깨우는 못과 같은 존재일 수도 있음을 시인은 암시하기도 한다. 이를 대표하는 시가 아마도 『못의 귀향』에 나오는 다음과 같은 시일 것이다.

한겨울 마당에 널어 두었던 빨래

해 지기 전 걷으라고 누나는 신신당부했습니다

우리는 노는 데 그만 정신 팔려

깜깜한 밤 되어서야 부랴부랴 걷었습니다

장작개비처럼 뻐등뻐등 얼어붙은 빨래,

그날 장터에서 늦게 돌아온 누나는

몽둥이로 등짝을 후려쳤습니다

풀죽은 빨래도 화나면 몽둥이가 되었습니다

　　　—「빨래—초또마을 시편 · 8」


　물론 위의 시에는 못에 대한 언급이 전혀 없다. 하지만 못
의 이미지를 암시하는 것이 있으니, "장작개비처럼 뻐등뻐
등 얼어붙은 빨래" 또는 "풀"이 죽었다가도 "화나면 몽둥이가
되"는 "빨래"가 바로 그것이다. 이 같은 빨래의 이미지에서
못의 이미지를 읽는다면 지나친 것일까. 장작개비나 몽둥이
를 '나무못'으로 이해할 수 있다고 말한다면 이는 과연 지나
친 것일까. 물론 지나친 것일 수 있겠지만, 세상의 모든 사람
들과 그들의 삶에서 못의 이미지를 읽어 내는 시인 김종철의
시 세계 안에서는 이 같은 읽기나 이해도 용납될 수 있지 않
을까.

    사실 위의 시는 시인 김종철의 시적 감수성과 언어적 감수성을 더할 수 없이 빼어나게 보이고 있다는 점에서도 주목할 만한 작품이다. 이 시에서 우리는 우선 세 개의 시적 진술을 읽어낼 수 있다. 첫째, "한겨울 마당에 널어 두었던 빨래"를 "깜깜한 밤 되어서야 부랴부랴 걷었"더니 "장작개비처럼 뻐등뻐등 얼어붙"어 있었다. 둘째, "장터에서 늦게 돌아온 누나"가 "노는 데 그만 정신 팔려" 있던 우리의 "등짝"을 "몽둥이"로 후려쳤다. 셋째, "풀죽은 빨래도 화나면 몽둥이가" 된다. 우선 첫째 진술과 둘째 진술을 놓고 보면, 빨래를 "장작개비처럼 뻐등뻐등 얼어붙"게 했기 때문에 누나한테 혼났다는 평범한 시적 진술, 시적으로 별다른 묘미가 느껴지지 않는 진술로 묶일 수 있다. 그리고 이 진술만을 놓고 보면 "얼어붙은 빨래"와 "몽둥이"는 별개의 것처럼 읽힌다. 그런데 셋째 진술의 개입으로 인해 앞의 진술들은 전혀 새로운 의미를 띠게 된다. 우선 누나가 우리의 등짝을 후려쳤을 때 사용한 도구가 "얼어붙은 빨래"였을 수도 있다는 추정을 가능케 한다. "풀죽은 빨래"도 때로는 몽둥이가 될 수 있는 것이다! 이같은 놀라운 변화가 어찌 빨래에만 적용되는 것이겠는가. 셋째 진술 덕분에 "풀죽은 빨래"와 "누나" 사이의 겹쳐 읽기도 가능케 되는데, 평소에 나긋나긋하던 누나지만 "화나면" 몽둥이처럼 무서운 존재가 된다는 의미를 읽어 낼 수도 있다. 추측건대, 빨래나 누나의 변모는 어린 시절 시인에게 너무도 놀랍고 인상적인 것이었으리라. 이처럼 빨래와 누나와 몽둥이가 서로 별개의 것이면서 동시에 하나가 되는 놀라운 세계야말로 시인 김종철이 그의 시적 감수성과 언어적 감수성을 통해 우리에게 펼쳐 보이는 시 세계가 아니겠는가.

이제 다시 못에 대한 논의로 돌아가기로 하자. "풀죽은 빨래"가 몽둥이처럼 단단해져 잠들어 있는 우리 의식을 일깨우는 날카로운 못과도 같은 도구로 바뀌는 세계, 또한 나긋나긋하던 누나가 "화나면" 몽둥이 또는 "얼어붙은 빨래"처럼 변하여 우리를 깨우치고 벌하는 무서운 못과도 같은 존재로 바뀌는 세계, 바로 이 같은 세계가 '하나'가 되어 있는 것이 삶을 살아가는 우리 인간의 세계 아니겠는가. 이 세계에서 시인은 "사제"로 존재한다. 그것도 "못(들)의 사제"로. 그가 "못(들)의 사제"임은 인간 개개인이 다름 아닌 못(들)과 같은 존재임을, 또한 못 자국과도 같은 무수한 상처와 흔적을 보듬어 안은 채 삶을 살아야 하는 존재임을, 그리고 자칫 잠들 수 있는 의식을 일깨우는 자극과 때때로 마주하는 존재임을 너무도 진지하게 꿰뚫어 보고 있기 때문이리라. 하지만 그의 궁극적 관심사는 물론 못 자체가 아니라 못의 이미지를 통해 꿰뚫어 볼 수 있는 인간의 삶이다. 따라서 우리는 시인 김종철을 "못의 사제"라고 명명하기에 앞서 인간의 삶이 지니는 의미와 존재 이유를 탐구하고 이를 추적하는 "인간들의 사제" 또는 "삶의 사제"로 받아들여야 할 것이다. (2009년 여름)

# 모기에서 시인으로, 그리고 시인에서 모기로

―김종철 시인의 「모기 순례」와 시적 깨달음의 순간

## 1. 시와 "예술적 통제력"

시 창작의 과정과 관련하여 답이 빤한 것 같지만 줄기차게 이어져 온 논쟁거리 가운데 하나가 '시적 인식이 이루어지는 순간 인식한 바가 곧바로 시로 성립하는 것이냐' 또는 '언어화 과정을 따로 거쳐야 하는 것이냐'다. 우선, 언어화 과정이 애초 이루어지지 않았다면 어떻게 인식한 바에 대한 인식이 가능하겠는가를 주장하는 입장에서 보면, 시적 인식과 이에 대한 언어화 과정을 따로 나눠 놓을 수 없다. 어떤 관점에서 보면, 영국 낭만주의 시대의 시인 윌리엄 워즈워스William Wordsworth가 "모든 탁월한 시는 강력한 감정의 자발적인 분

출”(『서정담시집』[*Lyrical Ballads*]의 제2판 서문)이라고 했을 때 그
가 내세우고자 했던 것은 이 같은 입장일 것이다. 즉, 무언가
강력한 시적 인식이 이루어지는 바로 그 순간에 시는 저절로
창조되고 완결된다는 것이 워즈워스의 입장인 것처럼 보인다.

하지만 워즈워스의 어떤 시를 보더라도 “강력한 감정의
자발적인 분출”이 곧 시로 제시되어 있는 예를 찾아볼 수 없
다. 그의 탁월한 작품 어떤 것도 인식의 순간과 언어화의 순
간 사이에는 짧지 않은 ‘명상’meditaion의 시간이 존재했었음이
명시적으로든 암시적으로든 드러나 있다. 바로 이 때문에 ‘무
의식적인 시적 인식의 순간’과 그것에 대한 ‘의식적인 시적
언어화 과정’에 동일한 비중을 두었던 동시대의 시인이자 비
평가인 새뮤얼 테일러 코울리지Samuel Taylor Coleridge의 입장에서
볼 때 적어도 비평적으로는 워즈워스가 “허황하고 무지한 공
상가”(『문학전기』[*Biographia Literaria*], 제2권 81쪽)로 비쳤을 것
이다. 제임스 헤퍼넌James Heffernan의 표현을 빌리자면, “시 창
작에서 자발적인 감정의 기능을 과장하고, 예술적 통제력을
의식적으로 행사하는 일을 낮게 평가”(*Wordsworth's Theory of
Poetry* [Ithaca: Cornell 대학 출판부, 1969], 95쪽)했다는 점에서 그
러하다. 하지만 “예술적 통제력”을 행사한다는 것은 과연 무
엇을 말하는 것일까.

최근의 각종 문예지에 발표된 시 가운데 특히 주목할 만한 문제작을 선정하여 논의하고자 하는 자리에서 이처럼 껄끄러운 시론을 들먹이는 이유는 무엇인가. 단순한 추측에 불과한 것일지도 모르겠지만, 시단에 발표되는 작품들 가운데는 워즈워스가 말하는 "강력한 감정의 자발적인 분출"이라는 시 창작 원리에 더 충실하고자 하는 사례가 어느 때나 비교 우위에 있는 것처럼 보이기 때문이다. 특히 시인들의 해외 여행이 잦아진 요즈음 그들이 여행 과정에 보고 느끼거나 깨달은 바를 시화詩化한 작품들에서 그런 경향이 두드러져 보인다. 물론 이국의 새롭고 낯선 풍물들을 접하는 과정에 시인이 보고 느끼거나 깨닫는 바는 어느 때보다 강렬한 것일 수 있다. 하지만 그렇다고 해서 그 모든 강렬한 느낌이나 깨달음이 모두 누구나 공감하는 시적 소재가 될 수 있는 것도 아니고, 생동감 넘치는 시적 창작을 약속해 주는 것도 아니다. 어느 경우에나 요구되는 것이 앞서 말한 "예술적 통제력"이리라. 하지만 앞서 물었듯 "예술적 통제력"이란 구체적으로 무엇을 말하는가. 우리가 김종철 시인의 「모기 순례」(『시와 시학』, 2011년 봄호)를 주목하고자 함은 이 물음에 대해 단편적으로나마 가능한 답을 한 조각 모색하고자 하기 때문이다.

## 2. 김종철의 「모기 순례」와 자기 성찰의 순간

「모기 순례」는 해외 여행 도중 어떤 성지를 찾은 가톨릭 신자로서의 시인의 모습을 담고 있다. 그런데 이 시에서는 성지를 찾은 신실한 신앙심을 지닌 신자가 구사할 법한 경건한 어조가 느껴지지 않는다. 경쾌하다 못해 심지어 장난스럽기까지 하다. 하지만 그런 시어를 통해 전달되는 시적 메시지는 더할 수 없이 미묘할 뿐만 아니라 이를 통해 암시되는 자기 성찰도 더할 수 없이 무겁게 느껴지기도 한다. 분명히 이 시는 순례자가 성지에 도착하여 느낀 바의 감정을 있는 그대로 전달하는 작품이 아니다. 이는 "강력한 감정의 자발적인 분출"을 억제한 시인이 어느 순간에 얻은 시적 인식을 놓고 오래 고심한 끝에 완성한 작품으로 읽힌다. 말하자면, '무의식적인 시적 인식의 순간'과 그것에 대한 '의식적인 시적 언어화 과정' 사이에 시간차가 감지되는 작품이다. 무엇보다 김종철 시인의 「모기 순례」를 함께 읽기로 하자.

해질 무렵 참수터 입구
모기 한 마리가 맴돌았다
쉿!

침묵의 순례를 가르치는

죽은 바오로 동상이 입술을 가리켰다

무릎 순례하는 동안

나는 무수히 물어 뜯겼다

윙윙거리는 소리에 속수무책이었다

그래그래 실컷 빨아먹어라

차라리 발끝까지 뒤집어쓸

위선의 침대보가 없어서 좋았다


당신의 목 잘린 제단과

순교의 머리가 통통 튀어 오른 자리마다

은혜로이 맑은 샘이 솟아올랐다

나는 긴 기도와 함께

흡혈귀처럼 엎드려 목을 축였다


그때 누군가 등 뒤에서 손바닥으로 나를 탁 쳤다

내 순교의 머리통을 든 모기가

사방 피로 튀었다

그 날 피를 너무 빤 모기처럼

세상을 잘 날지 못하는 나는

한 마리 모기로 빙의되었다

쉿!

얼치기 신자만 보면 피 빨고 싶다

두 손 모으고 눈감은 속수무책의 저 얼치기

빨대만 꽂으면

취하도록 마실 수 있는 저 통통한 곳간!

　　　―「모기 순례」 전문


　확신컨대, 시인은 성 바오로가 순교한 자리에 세워진 트레 폰타네 수도원을 찾은 것이리라. 로마에 있는 이 트레 폰타네 수도원의 '트레 폰타네'라는 말은 '세 개의 샘'으로 번역될 수 있는데, 이 수도원이 그런 이름을 갖게 된 연유는 다음과 같다. 로마의 황제였던 네로의 명령으로 예수의 사도 가운데 한 사람인 바오로에게 참수형이 내려진다. 그런데 바오로가 참수된 바로 그 자리에서 그의 머리가 튀어 올라 서로 다른 세 지점의 땅을 쳤다고 한다. 그리고 그곳 모두에서 샘물이 솟았다고 한다. 오늘날까지도 맑은 물이 솟아오르고 있는 이 세 개의 샘을 찾아 순례 여행을 떠나는 일은, 그리고 그 샘에 이르러 목을 축이는 일은 아마도 가톨릭 신자라면 누구나 소망하는 바일 것이다.

시인이 수도원에 있는 "참수터 입구"에 도착한 시각은 "해질 무렵"이다. 어디나 그렇겠지만, 여름날에는 해 질 무렵부터 본격적으로 모기의 공격이 시작된다. 시인이 "참수터 입구"에서 "모기 한 마리"와 만난 것을 보면, 아마도 그가 순례 여행을 떠난 것은 여름날이었으리라. 아무튼, 시인은 "무릎"을 꿇은 자세로 성소를 향해 다가가는 동안 모기에게 "무수히 물어 뜯"긴다. 어쩔 것인가. 성스러운 순례의 순간에 모기 때문에 소란을 떨 수는 없지 않은가. "침묵의 순례를 가르치는 / 죽은 바오로 동상"마저 "입술을 가리"키고 있는 것처럼 느껴지지 않는가. 체념한 듯 시인은 말한다. "그래그래 실컷 빨아먹어라."

이어지는 시적 진술은 "차라리 발끝까지 뒤집어쓸 / 위선의 침대보가 없어서 좋았다"로 되어 있는데, 이 구절은 다중多重의 의미 읽기를 가능케 한다. 우선 말 그대로 모기를 피할 방법을 찾다가 이내 체념하는 시인의 마음이 담고 있는 것으로 읽을 수 있다. "침대보"든 무엇이든 천을 뒤집어쓰면 모기를 피할 수 있겠지만, '다행히' 그런 천이 시인에게는 없다. 하기야 그런 천이 있다 해도 어찌 성소에서 이를 뒤집어쓸 수 있겠는가. 그러니 어찌 "[차라리] 없어서 좋았다"고 하지 않을 수 있겠는가.

둘째, '위선의'라는 수식어가 암시하듯 "위선의 침대보"는 실재하는 사물로서의 침대보를 지시하는 것이 아닐 수 있는데, 이로 인해 이 구절 전체는 일종의 비유적 함의를 갖는 것으로 읽힐 수 있다. 일찍이 시인은 「못에 관한 명상」이라는 시에서 "아내와 함께 고백성사를 하"는 동안 자신의 "가슴"에서 "정말 어쩔 수 없이 숨겨 둔 못대가리 하나가 / 쏘옥 고개를 내밀었"다고 노래한 적이 있다. 이때의 "못"은 물론 실제의 못이 아니라 비유적 의미에서의 못―말하자면, 인간적 허물 또는 불경한 마음 등등―을 지시하는 것일 수 있거니와, "위선의 침대보"는 이 같은 "못"을 감출 수단을 지시하는 것일 수 있다. 하지만 경건한 성소에서 어찌 자신이 아무런 허물도 없는 양 위선의 자세를 취할 수 있겠는가. 어찌 보면, 아무런 보호막도 뒤집어쓰지 않은 상태에서 자신의 죄를 있는 그대로 의식하는 것, 그것이 바로 진정한 신자라면 성소에서 취해야 할 태도일 것이다. 그런 의미에서 보면, 모기는 실제로 시인을 물어뜯었던 모기일 수 있는 동시에, 성소에 들어가면서부터 그를 괴롭혔던 죄의식을 암시하는 것일 수도 있다.

제2연이 보여 주듯, 이윽고 샘에 도달한 시인은 "긴 기도와 함께" 엎드려 샘물을 마신다. 그런데 이를 묘사한 구절에 나오는 "흡혈귀처럼"이라는 표현이 심상치 않다. '흡혈귀'라니? 흡혈귀라고 하면 누구나 떠올릴 법한 것이 드라큘라인데, 19세기 말에 브람 스토커Bram Stoker가 소설을 통해 드라큘라라는 허구적 존재를 창조하기 전에도 유럽에는 흡혈귀의 존재에 대한 믿음과 이와 관련된 각종 이야기가 존재했었다. 심지어 기독교가 전파되기 이전에도 동유럽 지방을 중심으로 흡혈귀의 존재에 대한 믿음이 널리 퍼져 있었는데, 기독교의 영향 아래 흡혈귀는 이교도적 미신에서 비롯된 것으로 여겨지게 되었다. 그러다가 12세기부터 몇백 년 동안 지속되었던 종교 재판의 영향 아래 흡혈귀에 대한 새로운 해석이 가해져, 이때부터 흡혈귀는 악마적 존재로 이해되기에 이른다. 요컨대, 기독교적 맥락에서 보면 흡혈귀는 신의 뜻을 거역한 불경한 존재다. 이런 관점에서 본다면, "흡혈귀처럼 엎드려 목을 축였다"는 시인의 말에서는 일종의 '모순어법'oxymoron이 감지되기도 한다. "흡혈귀처럼"이 '불경'을 암시한다면 "엎드려 [성수로] 목을 축였다"는 '경건함'을 암시한다는 점에서 그렇다. 이 같은 모순어법은 '불경스럽게 느껴질 만큼 열렬히 신의 은총을 갈망했다'의 의미로 읽혀지기도 하지만 이와 동시에 '더할 수 없이 경건해야 할 자리에서 그렇지 못했다'는 시인의 자기반성을 암시하는 것으로 읽히기도 한다.

하지만 흥미로운 것은 인간이나 가축의 피를 빨아먹는 모기와 같은 곤충의 별명도 흡혈귀라는 점이다. 따라서 문제의 구절은 '모기가 시인의 피를 탐하듯 시인은 성수를 탐했다'로 읽을 수도 있다. 이런 식으로 읽는 경우, '시인의 피를 빠는 모기'의 이미지와 '순교한 성자의 샘물에 목을 축이는 시인'의 이미지가 병치 관계에 놓이게 된다. 그리고 이를 통해 양자는 서로를 규정하고 그 의미를 밝히는 역할을 하게 된다. 다시 말해, '시인의 피를 탐하는 모기'와 '성수를 탐하는 시인'은 서로가 서로에 대해 기표記標, signifier의 역할을 하는 동시에 기의記意, signified의 역할을 하는 것이다. 결국 "흡혈귀처럼"을 '모기처럼'으로 읽는 과정에 우리는 시인이 모기의 모습에서 자신을 감지하고, 자신의 모습에서 모기를 감지하기 시작했음을 암시하고 있는 것 아닐까라는 추론에 이르게 된다. 하지만 이 같은 추론은 말 그대로 추론에 불과한 것일 뿐이다. 시인의 마음이 그런 방향으로 움직이고 있다는 추정만을 할 수 있을 뿐 확실한 증거가 아직 없기 때문이다. 아무튼, 시인이 시에 동원하는 언어는 더할 수 없이 경쾌하고 자연스럽지만 이를 통해 시인이 시도하는 자기 탐구 또는 자기반성은 이처럼 교묘하고 은밀하다.

서로 다른 이미지가 병치 관계에 놓이는 가운데 서로가 서로의 의미를 밝히는 기호 역할을 하는 예는 위의 경우에서만 확인되는 것이 아니다. 제3연에서도 이 같은 예가 확인되는데, 이 경우 문제가 되는 것은 '시인의 피'와 '성자의 샘물'이다. 하지만 이에 대한 논의를 잠시 뒤로 미루고 문제의 제3연이 "그때 누군가 등 뒤에서 손바닥으로 나를 탁 쳤다"로 시작되어 "내 순교의 머리통을 든 모기가 / 사방 피로 튀었다"로 이어짐을 주목하기로 하자. 필경 함께 순례 여행을 하던 누군가가 시인을 계속 괴롭히는 모기를 보고 이를 잡으려 시인을 탁 쳤을 것이고, 그렇게 해서 모기는 생을 마감했을 것이다. 이와 관련하여 무엇보다 우리가 문제 삼고자 하는 것은 "나"를 탁 쳤는데 "피"로 튄 것은 "모기"라는 점이다. 이처럼 시인을 탁 치는 행위와 모기를 탁 치는 행위가 결과적으로 동일한 것인 양 기술함으로써 시인은 우리에게 앞서 시도한 추론—즉, 시인이 의식적으로든 무의식적으로든 모기와 자기 자신 사이의 경계를 지우려 한다는 추론—을 다시금 가능케 한다.

그건 그렇고, "내 순교의 머리통을 든 모기"라니? 물론 여기에 동원된 "순교의 머리통"이라는 표현은 참수형을 당한 성 바오로의 이미지를 떠올리게 한다. 그렇다면, 자신도 성

바오로와 같은 존재란 말인가. 바로 이 지점에서 우리는 위에서 잠깐 언급한 '시인의 피'와 '성자의 샘물' 사이의 병치 관계에 유의할 수 있는데, 모기에게는 '시인의 피'가 곧 '성자의 샘물'일 수 있고 '성자의 샘물'이 곧 '시인의 피'일 수 있다. 즉, 모기의 관점에서 본다면 시인은 "순교의 머리통"을 내준 순교자인 셈이다. 어찌 보면, 이처럼 모기에게 피를 빨리고 있는 자신—그것도 "흡혈귀처럼 [성수로] 목을 축"이는 자신—의 모습에다가 순교자의 이미지를 투사함으로써, 시인은 '성 바오로와 자신의 관계'가 '자신과 모기의 관계'와 다를 바 없는 것일 수 있음을, 따라서 자신은 곧 모기와 다름없는 존재일 수 있음을 계속 암시한다.

하지만 거듭 말하지만 모든 것이 다만 암시에 머물러 있을 뿐이다. 이제까지 이어진 시적 진술 어디에서도 시인은 '내가 곧 모기'임을 공공연히 말하지 않는다. 바로 이 때문에 "누군가 등 뒤에서 손바닥으로 나를 탁 쳤다"라는 진술이 암시하는 바의 의미는 결코 단순치 않다. '단순치 않다'니? 가령 당신이 이러저러한 생각에 잠긴 상태에서 마음의 준비를 하고 있지 않을 때 누군가가 당신을 괴롭히는 모기를 잡기 위해 당신의 등 뒤에서 당신을 손바닥으로 탁 쳤다 하자. 아마도 전혀 예상치 않던 일이 벌어졌기에 당신은 깜짝 놀라게 될 것이다. 또는 생각에 잠겨 있던 당신은 마치 꿈에서 깨어나듯 퍼뜩 정신을 차리게 될 것이다. 성소와 같이 누구나 침묵과 엄숙함을 유지해야 할 자리에서라면 더욱 그럴 것이다. 요컨대, 성소에서 누군가가 당신을 탁 쳤다면 모기가 피로 튀는 일만 벌어지는 것이 아니다. 이는 잠으로 빠져드는 당신의 의식을 깨우기 위해 내려치는 '죽비'와도 같은 것일 수도 있어, 당신이 다시금 각성 상태로 되돌아가는 일 또한 벌어질 것이다. 어쩌면 모기에게 일격을 가하려는 상대의 손짓이 당신에게 일격을 가하려는 손짓과 구분이 되지 않는다는 점에서 당신은 자신이 과연 모기와 다를 바 있는 존재인가라는 생각이 들 수도 있겠다. 깜짝 놀란 시인이 그런 생각을 하는 순간, 시인의 마음에 번개같이 스친 것이 '내가 곧 모기'라는 깨달음 아닐까. 막연하게 이어 오던 생각이 바로 그 순간 또렷해진 것 아닐까. "모기가 / 사방 피로 튀"는 순간 "그 날피를 너무 빤 모기처럼 / 세상을 잘 날지 못하는 나는 / 한 마리 모기로 빙의되었다"는 진술은 바로 그 순간의 깨달음 또는 각성을 암시하는 것이리라.

반어적反語的인 맥락에서 던지는 말장난이 아니라면, '나는 피를 너무 빨아 제대로 날지도 못하는 한 마리 모기 같은 존재'라는 시적 발언은 결코 가벼운 것일 수 없다. 하지만 이로 인해 시적 분위기가 무거워지는 것을 막으려는 듯 시인은 앞서 사용한 감탄사인 "쉿!"을 다시금 동원한다. 앞서 감탄사 "쉿!"이 모기에게 피를 빠는 것이 허락되는 신호였듯, 이는 이제 모기가 된 시인에게 자유롭게 피를 빨 것을 허락하는 신호일 수 있다. 바로 그 신호에 신이 난 듯 모기가 된 시인은 "얼치기 신자만 보면 피 빨고 싶다"라고 장난스럽게 말한다. 하지만 누가 "얼치기 신자"인가. 시인이 "두 손 모으고 눈 감은 속수무책의 저 얼치기 / 빨대만 꽂으면 / 취하도록 마실 수 있는 저 통통한 곳간!"이라는 시구를 작품에 담았을 때, 이때의 "얼치기" 또는 "통통한 곳간"은 누구를 지시하는 것이겠는가. 이는 곧 시인의 자기 성찰 과정에 비친 자신의 모습 아닐까. 어찌 보면, "한 마리 모기로 빙의"된 시인이 피를 탐할 대상으로 자기 자신을 지목하고 있는 것은 아닐지? 그런 의미에서 이 시의 마지막 부분은 더할 수 없이 경쾌한 언어를 동원하여 시인이 수행하는 더할 수 없이 무거운 자기 성찰로 읽히기도 한다.

## 3. 시와 무의식

말할 것도 없이, 김종철 시인이 「모기 순례」에서 밝힌 모기와 관련된 일화逸話는 실제로 있었던 일일 것이다. 즉, '자신이 모기한테 어떻게 괴롭힘을 당하고, 모기는 어떻게 최후를 맞이하게 되었는가'에 대한 시인의 이야기는 '있는 그대로'의 사실에 근거한 것이리라. 그리고 현장에서 자신이 한 마리 모기나 다름없는 존재라는 깨달음에 이르렀던 것도 사실일 수 있다. 하지만 그가 이 같은 일화와 함께 자신의 깨달음을 담은 시를 현장에서 완성한 것은 아닐 것이다. 이를 증명하는 것이 바로 모기와 시인 사이의 관계에 대한 시적 진술인데, 이를 따라 읽어 가는 동안 우리가 감지할 수 있는 것이 이른바 "예술적 통제력"이 아닐까.

시인은 먼저 자신과 모기의 만남이 어떤 맥락에서 이루어졌는가를 말한다. 이어서 만남의 과정에 자신이 한 마리 모기일지도 모르고 모기가 곧 자신일지도 모른다는 생각이 어렴풋하게나마 그의 의식의 지평地平에 떠오르고 있음을 누구도 예기치 않을 법한 표현을 통해 암시한다. "흡혈귀처럼"과 "내 순교의 머리통"이 이에 해당하는데, 이 두 표현은 시인이 막연하게나마 느끼고 있는 것이 무엇인가를 우리에게 감지케 하는 일종의 열쇠와 같은 역할을 하고 있다고 할 수 있다. 이윽고 결정적인 순간에 이르러 시인은 자신이 곧 모기임을 문득 또는 극적劇的으로 깨닫게 되었음을 밝히는데, 이때의 결정적인 순간이란 '나를 탁 치는 것'과 '모기를 탁 치는 것'이 사실적으로도 구분이 안 되지만 언어적으로도 서로 구분이 안 되는 바로 그 순간을 말한다. '언어적으로도 서로 구분이 안 되다'니? 이는 시인이 '모기를 탁 쳤다'는 표현 대신에 '나를 탁 쳤다'는 표현을 사용함으로써 '피로 뒴 모기'와 '피를 빨린 나' 사이의 경계를 지우고 있다는 점에서 그러하다. 이윽고 시인은 "빙의"라는 표현을 통해 이제 자신이 모기임을 깨닫고 있음을 확인한다. 이어서 그러한 깨달음이 자신에게 어떤 의미를 갖는 것인가를 지극히 경쾌하고 장난스러운 어조로 밝힘으로써 지극히 어려울 수도 있는 자기 성찰의 시를 겉으로 보기에 '어렵지 않게' 완결한다. 요컨대, 순간의 깨달음을 전하되 마치 한 편의 극劇을 무대에 올리기라도 하듯 시인은 조심스럽고 차분하게 시적 진술을 이어간다. 시인은 이 같은 조심스러움과 차분함을 숨기기라도 하듯 그가 동원한 언어는 거듭 말하지만 경쾌하고 자연스럽다.

말할 것도 없이, 이 시에서 우리가 확인하는 그 모든 시적 기획은 "자발적인 감정의 기능"만큼이나 "예술적 통제력"이 소중함을 감지하고 있는 시인에게나 가능한 것이리라. 다시 말하지만, 우리가 확인하는 바는 결코 "강력한 감정의 자발적인 분출"의 산물일 수는 없다. 하지만 이렇게 말한다 해서 시인이 의식적으로 "예술적 통제력"의 중요성에 주목하고 있을 때 그 모든 시적 기획이 가능하다는 말은 아니다. 모든 탁월한 시의 창작 과정을 지배하는 것은 시인의 의식적인 노력이 아니라 창작을 향해 열려 있는 시인의 무의식임을 우리는 잊지 말아야 할 것이다. (2011년 가을)

# '알려지지 않은 사실'의 시적 형상화와 마주하여

—김종철 시인의 일본군 위안부 시편과 시인의 의무

## 1. "알려지지 않은 사실"과 시인의 의무

세계적인 만화 축제인 "앙굴렘 국제 만화 페스티벌"은 매년 1월 앙굴렘이라는 프랑스의 작은 도시에서 열린다. 만화계에 종사하는 사람이나 만화를 지극히 사랑하는 사람이 아니라면 관심을 갖기 어려운 이 만화 페스티벌이 어느 사이에 한국인 모두의 관심사가 되었다. 그렇게 된 것은 2014년 1월 말에 벌어진 일련의 사건 때문이다. 언론 매체의 보도 내용에 따르면, 우리나라의 참가자들이 일본군 위안부의 참상을 담은 특별 기획전을 준비하자, 일본의 극우파는 이에 반대했을 뿐만 아니라 "위안부는 매춘부였다"라는 내용의 만화 전시회를 준비했다고 한다. 그런데 행사 조직위가 예정대로 진행되도록 한 한국 측의 특별 기획전과는 달리 행사 개막 직전에 일본의 전시 준비물을 철거했다는 것이다. 이런 조처와 관련하여, 행사 조직위의 아시아 업무를 총괄하는 니콜라 피네Nicolas Finet가 내놓은 해명은 특히 우리의 눈길을 끈다. "한국 측 전시회는 알려지지 않은 사실을 알려 정치적이지 않지만, 일본 측 전시회는 알려진 사실을 왜곡하는 것이어서 정치적이다."

일본 측이 한국 측의 특별 전시회에 반대한 이유는 프랑스 주재 일본 대사인 스즈키 요이치鈴木庸一의 발언에서 확인되는데, "문화 교류와 상호 이해"를 위한 자리가 "특정한 정치적 주장을 알리는 데 사용되는 것은 유감"(『교도통신』 2014년 1월 31일)이라는 것이 그의 발언 요지였다. 하지만 스즈키의 논리 자체가 그 자신이 경계한 "특정한 정치적 주장"을 알리기 위한 정치적인 것이었음은 부정할 수 없다. 첫째, 그가 말하는 "문화 교류와 상호 이해"는 독일의 예에서 보듯 일본이 자신의 과오를 솔직하게 인정하는 데서 시작될 수 있다는 사실을 고의로 외면하고 있다는 점에서 정치적이다. 둘째, 일본군의 위안부 강제 동원이 사실임을 밝혀 주는 증언 및 역사적 자료가 여기저기서 확인되고 있음에도 불구하고 이를 정치적 주장에 불과한 것이라고 강변하고 있다는 점에서도 정치적이다. 이처럼 스즈키를 비롯한 일본 극우파의 심각한 정치성을 꼬집고 있는 피네의 발언만큼이나 정곡을 찌르는 날카로운 것이 어디 있을 수 있겠는가. 아니, 일본의 극우파가 그처럼 외면하고자 하는 진실이 진실임을 밝히는 언사 가운데 피네의 발언보다 더 웅변적인 것이 어디 있을 수 있겠는가!

하지만 진실로 날카롭고 진실로 웅변적인 것이 어찌 이 같은 피네의 발언뿐이겠는가. 모름지기 일본군 위안부의 참상과 관련하여 "알려지지 않은 사실"을 알리려는 사람들이 진지하고 순수한 마음으로 전하는 메시지 어느 하나도 진실로 날카롭고 진실로 웅변적이지 않은 것은 없을 것이다. 확신컨대, 피네에게 그와 같은 결단의 발언을 할 수 있게 했던 것은 무엇보다 일본군 위안부의 참상을 알리려는 한국 측의 만화 작품들이 더할 수 없이 날카롭고 웅변적인 것이었기 때문이리라.

말할 것도 없이, 일본군 위안부의 참상과 관련하여 "알려지지 않은 사실"을 알리려는 이 같은 시도는 결코 새삼스러운 것이 아니다. 그동안 각계각층에서 다양한 시도가 있었고, 이 같은 정황은 우리나라 시단의 경우에도 예외가 아니다. 하지만 시단은 현실과 역사와 세계를 향해 누구보다 더

예민한 감수성의 촉수를 드리우고 있는 시인들의 세계라는 점에서 단순히 '예외가 아닌 것'이어서는 안 된다. 단순히 예외가 아닌 것이라는 선을 넘어서, 시단은 모든 이에 앞장서 누구보다 더 결연하고 누구보다 더 열정적 목소리로 "알려지지 않은 사실"을 소리 높여 알리는 동시에 무디어진 사람들의 의식을 일깨우는 선구자들의 모임이 되어야 한다. 요컨대, 시인은 퍼시 비시 셸리Percy Bysshe Shelley가 「서풍부」("Ode to the West Wind")에서 노래했듯 "거친 서풍"이 되어야 하고 "예언의 나팔"이 되어야 한다. 일본군 위안부의 참상과 관련하여 우리의 이러한 요구에 부응하는 진실로 날카로우면서도 웅변적인 목소리 가운데 하나를 우리는 시인 김종철이 『시인수첩』 통권8호(2014년 봄)에 발표한 「못을 바라보는 여섯 개의 통시적 시선」 연작에서 확인할 수 있다. 이제 나의 무딘 마음을 일깨워 시인의 그러한 목소리에 귀 기울이고자 한다.

## 2. 「못을 바라보는 여섯 개의 통시적 시선」에 담긴 '못 박음'과 '못 박힘'의 역사

"못을 바라보는 여섯 개의 통시적 시선"이라는 제목 아래 묶인 김종철 시인의 시 여섯 편과 관련하여 우선 우리의 눈길을 끄는 것은 시의 제목이다. '못의 사제'라는 호칭에 걸맞게 그는 여섯 편의 작품을 전체적으로 묶는 제목뿐만 아니라 각각의 작품 제목에도 예외 없이 '못'이라는 표현을 동원하고 있다. 일찍이 나는 김종철 시인을 '못의 사제'라 할 수 있음은 "인간 개개인이 바로 못과 같은 존재임을, 또한 못 자국과도 같은 무수한 상처와 흔적을 보듬어 안은 채 삶을 살아야 하는 존재임"을 "진지하게 꿰뚫어 보고 있기 때문"이라고 진단한 바 있다(「세상의 모든 못과 '못의 사제'」, 『문학수첩』, 2009년 여름호). 이번 작품들에 대해서도 이 같은 진단이 그대로 적용될 수 있거니와, 무엇보다 일본군 위안부는 우리의 무딘 의식을 일깨우는 못과 같은 존재인 동시에 못 자국과도 같은 무수한 상처와 흔적을 보듬어 안은 채 삶을 살아가야 했던 존재이기 때문이다. 뿐만 아니라, 비록 함의하는 바는 다르지만, 타인에게 무수한 상처를 입히고도 자기 정당화에 몰두했던 일본의 제국주의자들을 포함하여 이 같은 부끄러운 역사를 애써 외면하는 일본의 제국주의자들과 오늘날의 극우파 일본인들까지도 어떤 의미에서 보면 못—그것도 남에게 상처를 주는 못된 못—과 같은 존재이기 때문이다. 어디 그뿐이랴. 일본의 극우파 사람들이 애써 외면하는 역사적 진실을 우리에게 생생한 목소리로 알려 우리를 각성케 하는 김종철 시인과 같은 사람들 역시 못과 같은 존재가 아닐 수 없다. 진실로 인간의 삶 자체의 단면 하나하나가, 심지어 그의 말과 생각과 마음 움직임 어느 하나도 그가 말하는 못 박힘과 못 박음의 논리에서 벗어날 수 없다. "못을 바라보는 여섯 개의 통시적 시선"이라는 제목 아래 묶인 여섯 편 작품의 제목을 구성하는 각국의 속담들이 암시하듯, 시인의 깊고 예민한 시선은 이 같은 못 박힘과 못 박음의 논리에서 결코 벗어날 수 없는 인간의 존재 양식에 드리워지고 있다.

　「못을 바라보는 여섯 개의 통시적 시선」(이하 「통시적 시선」으로 약칭)의 제목과 관련하여 또 하나 우리의 눈길을 끄는 것은 "통시적"이라는 표현이다. 원래 '통시적'diachronic은 '공시적'synchronic과 한 쌍을 이루는 언어학의 용어로, 역사적 맥락과 시간의 변화를 고려하여 언어 현상을 연구하고 기술하는 것을 '통시적 방법'이라고 하고, 역사적 맥락을 제거한 채 주어진 시점—주로 현재의 시점—에서 언어 현상을 연구하고 기술하는 것을 '공시적 방법'이라고 한다. 한편, 스위스의 언어학자 페르디낭 드 소쉬르Ferdinand de Saussure의 구조주의 언어학을 가능케 한 것이 공시적 방법인 반면, 전통적인 역사주의적 언어학의 저변을 이루고 있는 것이 통시적 방법이다. 하지만 김종철 시인이 시의 제목에 '통시적'이라는 표현을 동원한 이유는 이 같은 언어학의 계보를 염두에 두었던 것은 아니다. 추측건대, '현재를 즐기라'는 '카르페 디엠'carpe diem의 정신이 지배하는 오늘날의 세태를 향해 행하는 일종의 '못질'에 해당하는 것이 시인의 이 같은 용어 사용일 수 있으리라. 아니, 이렇게 생각해 볼 수도 있겠다. 시간을 초월하여 존재하는 영원한 상징이 요즈음 시인들이 일반적으로 시 세계를 통해 추구하는 이상理想일 수 있거니와, 시간의 흐름 또는 역사 속에 존재하는 세계 및 인간으로서의 자신에 대한 자각이 시인에게 이 용어에 기대도록 한 것일 수도 있다.

제목에 대한 이 같은 논의에 비춰 볼 때, 여섯 편의 시가 전하는 메시지는 무엇보다 '시간의 흐름과 역사 속에 존재하는 못으로서의 인간 존재의 의미를 잊지 말라'로 요약될 수 있다. 그리고 그가 이번에 소재로 선택한 것은 일본군 위안부들을 강제 동원했던 일본의 제국주의자들이 써 놓은 역사의 현장이다. 첫째 작품인 「망치가 가벼우면 못이 솟는다」의 부제가 "몸의 전사戰史"임은 바로 이 점을 암시한다.


아흔한 살 구일본 노병 마츠모토 마사요시

눈 내리는 중국 북서부

가타메 병단 7대대 본부 위생병인

스물한 살 마츠모토 마사요시를
무릎 꿇리고 참회시켰다

야간 배식 기다리듯
한 줄로 길게 늘어섰던 부대원들
한 병사가 문 열고 나오기 무섭게
허리춤 쥐고 연이어 들락거렸던 밤
서너 명의 조선 여인들은
밤새워 눈물로 복무했다
부대가 전쟁 치룬 날에는
한꺼번에 생사 확인하듯 더 바빠졌다
살아 있는 몸뚱이만 몸이 아니었다
돌아오지 못한 사내들의
피로 물든 만주 벌판까지
밤새 빨래하는 것도 그녀들 몫이었다

삼백 명 주둔한 산간 부대 위생일지에
가득 채워진 성병 검사와 606호 주사들
'삿쿠' 끼고 생의 낮은 포복을 한
스물한 살이었던 노병 마츠모토의 고해

"그들은 성노예였습니다."

위안부 몸의 역사는

못 박힌 일본 제국의 전사편찬사다

—「망치가 가벼우면 못이 솟는다—몸의 전사」 전문

　「망치가 가벼우면 못이 솟는다」는 2013년 5월 세상을 떠들썩하게 했던 일본제국의 병사였던 "아흔한 살"의 "마츠모토 마사요시"松本 榮好의 증언 내용을 시화한 작품이다. 스물한 살 나이의 마츠모토는 정의로운 전쟁에 참가한다는 확신 아래 1943년 "가타메 병단 7대대 본부 위생병"으로 군복무를 시작한다. 하지만 그가 전쟁 중에 목격한 것은 결코 정의가 아니었다. 시인은 아흔한 살의 나이가 되어 이를 증언하는 마츠모토의 모습을 "스물한 살 마츠모토 마사요시를 / 무릎 꿇리고 참회시켰다"로 묘사하고 있으며, 이 시의 제2연에서 "참회"의 내용을 시화한다. 여기서 시인은 "성노예"로 전락한 일본군 위안부의 처참한 생활을 특유의 속도감 있는 언어로 정리한다. 하지만 이 시에서 무엇보다 우리의 눈길을 끄는 것은 제3연의 "위안부 몸의 역사는 / 못 박힌 일본제국의 전사"라는 진술, 그 가운데서도 특히 "못 박힌 일본제국"이라는 표현이다. "일본제국의 전사"에 대한 강한 야유와 비판이 담겨 있는 이 진술에서 못이 의미하는 바는 무엇일까. 시의 본문을 전체적으로 살펴보면 쉽게 알 수 있듯 못은 여기서 단 한 번 언급되고 있는데, 바로 이 "못 박힌 일본제국"이라는 표현은 시의 제목을 이루고 있는 "망치가 가벼우면 못이 솟는다"라는 속담을 이해하는 데 결정적 단서가 된다. 추측건대, 일본제국에 박힌 못은 '가벼운 망치질'과 다름없는 심판과 단죄의 못이 아닐까. 이런 의미에서 보면, 일본제국에 대한 이제까지의 심판과 단죄의 가벼움을 비판하는 것이 곧 이 시의 제목으로 이해될 수 있다.

둘째 작품인 「튀어나온 못이 가장 먼저 망치질 당한다」는 경성에서 끌려가 중국에서 일본군 위안부 생활을 했던 김의경 할머니의 증언을 토대로 하여 창작된 것으로, 시의 부제인 "위안부라는 이름의 검은 기차"가 암시하듯 시인은 김의경 할머니의 삶을 "검은 벌판"을 달리는 "검은 기차"에 비유하고 있다.


그 해, 두 명의 일본군에게 영문도 모른 채 끌려갔다. 경성의 어두운 기차역 화물칸. 전라도, 경상도, 팔도 사투리도 들렸다. 기차는 막무가내 달렸다. 얼마쯤 갔을까 갑자기 멈췄다. 한 떼 일본군이 우르르 몰려와 문을 열어젖혔다. 화물칸

마다 비명소리가 들렸고, 끌려 나온 여자들은 모두 들판에서 윤간을 당했다. 죽어라 반항해도 칼로 위협하고 총대로 내려쳤다. 피투성이로 몇몇은 도망치다 총 맞아 죽기도 했다. 첫날은 열 명 이상이 그녀의 몸을 지나갔다.

> '오도리돌돌 굼브라가는 검은 기차는 산을 넘고 물을 건너 잘 돌아가는구나,
>
> 만주 땅 시베리아는 넓기도 하지만 총칼 차고 말 탄 사람 제일 좋더라'
>
> 달리기만 멈추면 또 다른 일본군들이 바지를 내리고 검은 기차의 목을 조였다. 서너 차례 지나쳤던 검은 벌판의 울음, 남경 강북 어느 쪽엔가 기차는 기진맥진 정차했다. 사지가 마비된 것은 선로뿐만이 아니었다. 위안부라는 이름의 일생의 검은 기차는, 오도리돌돌 잘도 굼브라가는 그 검은 기차는.
> ─「튀어나온 못이 가장 먼저 망치질 당한다─위안부라는 이름의 검은 기차」 전문

무엇보다 제목에 등장하는 "튀어나온 못"이 지시하는 바는 무엇일까. 이 시의 본문에서는 못에 대한 언급이 없기 때문에, 이 시의 제목에 대한 이해는 앞서의 경우와 달리 간단치 않다. (이 같은 사정은 "녹슨 못"이 등장하는 마지막 시를 제외한

나머지 세 편의 시와 관련해서도 예외가 아니다.) 아무튼, "튀어나온 못이 가장 먼저 망치질 당한다"라는 일본의 속담은 일반적으로 남들과 다르게 생각하거나 행동하는 사람 또는 예외적인 사람이 누구보다 먼저 외부로부터의 공격이나 비난을 받게 마련이라는 점을 암시하고자 할 때 동원된다. 이처럼 시의 내용과 짐짓 관련이 없어 보이는 속담을 시인이 제목으로 택한 이유는 과연 무엇일까. 아마도 이 같은 의문에 대한 답을 제공하는 것은 다음 구절일 것이다. "죽어라 반항해도 칼로 위협하고 총대로 내려쳤다. 피투성이로 몇몇은 도망치다 총 맞아 죽기도 했다." 다시 말해, 강요된 성노예로서의 역할에 대한 "반항"은 일본군 위안부들에게 위협과 구타 그리고 죽음을 의미했던 바, 망치질은 먼저 당하는 "튀어나온 못"이란 일본군에게 반항하다 처절한 죽음에 이를 수밖에 없던 여인들을 지시하는 것일 수도 있다.

하지만 우리의 논의는 여기서 끝낼 수 없는데, "위안부라는 이름의 검은 기차"가 피할 수 없었던 인생 유전에 대한 진술로서의 시적 내용과는 관계없어 보이는 다음 구절이 이 시에 담겨 있기 때문이다. "오도리돌돌 굼브라가는 검은 기차는 산을 넘고 물을 건너 잘 돌아가는구나 / 만주 땅 시베리아는 넓기도 하지만 총칼 차고 말 탄 사람 제일 좋더라." 앞뒤의 시적 진술에 비춰 볼 때 다소 엉뚱해 보이는 이 구절은 모르긴 해도 어린아이들이 뜻도 모른 채 부르는 노래의 노랫말과 같은 것 아닐까. 소설가 이동하가 「천수 아재를 추억함」(『매운 눈꽃』[현대문학, 2012])이라는 단편소설에서 소설 속 화자가 어린 시절을 돌아보며 떠올리던 노래―"무슨 신명나는 놀이판이 벌어지기만 하면 . . . 약속이나 한 듯 곧잘 입을 맞추어 . . . 불러대곤 했"던 "노래"―의 "노랫말"과 같은 것이 이 구절이리라. 이동하의 표현대로 "그게 무슨 소리인지, 노랫말에는 도통 관심이 없"으면서도 불러대던 노래, "일견 수수께끼 같기도 한" 노래의 노랫말과 같은 것이 이 구절이라면, 그리하여 영문도 모른 채 내뱉던 노랫말과 같은 것이 바로 이 구절이라면, 이를 시인이 이 시에 넣은 이유는 무엇일까. 어찌 보면, 김의경 할머니와 같은 처지의 사람들이 영문도 모른 채 당해야 했던 수난과 그들이 피할 수 없었던 인생유전에 대한 자조自嘲를, 그리고 그들의 삶을 짓밟던 일본군들에 대한 반어적 야유를 동시에 담고 있는 것이 이 구절 아닐까. "잘 돌아가는구나"에 담긴 자조와 "제일 좋더라"에 담긴 반어적 야유 이외에 달리 자신의 심사를 표현할 수 없었던 일본군 위안부들의 마음을 시인은 이 구절을 통해 우리에게 전하고 있는 것인지도 모른다. 그리고 바로 이 구절로 인해 시의 제목을 이루는 속담은 새로운 의미를 얻게 되는데, "총칼 차고 말 탄 사람"인 일본군이야말로 "가장 먼저 망치질"을 당해야 했던 "튀어나온 못"—그것도 흉하게 "튀어나온 못"—이지만 이를 드러내놓고 말할 수 없었던 사람들, 그러니까 "사지가 마비된" 채 끌려 다닐 수밖에 없었던 "여자들"의 절규 아닌 절규를 담고 있는 것이 문제의 구절일 수 있다.

셋째 작품인 「첫번째 못이 박히기 전에 두번째 못을 박지 말라」는 일본군 위안부로서 삶을 살아야 했던 또 한 분인 현병숙 할머니의 증언을 토대로 하여 창작된 작품이다.

위안소에서 나의 이름은 스즈코다
세상은 모두 왜놈들로 가득 차서
도망갈 곳도 없던 시절
우리는 정기적인 검사를 받고
어쩌다 병 걸리면 606호 주사를 맞았다

한 번에 2원씩 받는 사병 화대
그나마 떼어먹고 주지 않은 위안소
오히려 채금 진 것에 토해 내게 했다
군부대와 이동하면서 빨래를 빨고

피 묻은 옷은 방망이로 두드려 널고

밥이라도 배불리 먹고 싶었지만

진즉 배부른 위안부는

'삿쿠' 끼지 않은 놈에게 재수없이 걸렸을 때다


어느 날 밤 산꼭대기 일본놈들과

국민당 병이 콩 볶듯 싸웠다

안방까지 톡톡 튀어 들어온 총알

밥 먹다 눈 부릅떠 죽은 자

앉았다 덜컥 쓰러진 자

그 밤, 스즈코와 나는 서로 꼬옥 안고

배꼽 떨어진 고향 쪽으로 엎드려 울었다

　　―「첫번째 못이 박히기 전에 두번째 못을 박지 말라―현병숙이라 쓰고, 스즈코라

　　부른다」 전문


　　이 시의 제목인 독일 속담 "첫번째 못이 박히기 전에 두번째 못을 박지 말라"가 의미하는 바는 무엇일까. 이 속담은 앞선 과제가 제대로 마무리되기 전에 성급하게 다음 과제에 손을 대는 사람들을 향한 조언에 해당하는 것이다. 어찌 보면, 이 시의 부제인 "현병숙이라 쓰고, 스즈코라 부른다" 및 시의

내용이 암시하듯, "현병숙"으로서의 정체성이 "스즈코"라는 "이름"으로 인해 혼란스러울 수밖에 없었던 현병숙 할머니와 같은 사람들의 삶을 암시하는 것일 수 있다. 그런 의미에서 보면, "현병숙"이 "첫번째 못"이라면 "스즈코"는 "두번째 못"일 수 있거니와, 일본군 위안부란 이처럼 정체성의 혼란 속에 삶을 살아갈 수 없었던 사람들, 사회적으로 어떤 위치에 있고 어떤 의미를 지닌 존재인지조차 모른 채 혼란과 정체성의 위기에 있는 그대로 노출되어 있던 이른바 성노예였음을 시인은 말하고자 하는 것 아닐까.

이제까지 검토한 세 편의 시가 누군가의 증언을 바탕으로 하여 창작된 것이라면, 나머지 세 편의 시는 시인의 역사적 상상력 및 자료 또는 비판적 시선이 시인 특유의 언어적 감수성과 하나가 되어 빚어 낸 작품들이라고 할 수 있다. 이들 작품 가운데 먼저 「어두운 데서 못 박으려다 생고생만 잔뜩 한다」에 눈길을 주기로 하자.

그날 밤
제국의 위안부는
일 끝내고 나가는 병사에게
"멋지게 죽어 주세요"

알몸으로 누운 채

배웅했다

출격 앞둔 날

병사들은 만취되고

소리 내어 울었다


살아서 돌아오면

기모노 입고 에이프런 차림에

축하연 참석한다던 슬픈 누이들이여

"멋지게 죽어 주세요."

천황폐하의 만수무강하심과

황실 번영하심을 봉축했던 그 밤들!

—「어두운 데서 못 박으려다 입만 다친다―제국의 위안부」 전문


이 시에는 "출격 앞둔 날" 밤 위안소를 찾아가 "일 끝내고 나가는 병사"와 "멋지게 죽어 주세요"라는 말로 그를 배웅하는 "제국의 위안부"가 등장한다. 전쟁터에 나가기 전에 위안소를 찾은 병사, 그것도 "만취한 채 소리 내어 울"던 병사에게 누가 과연 "멋지게 죽어 주세요"라고 말할 수 있을까. 놀랍게도 당시의 일본 제국주의자들은 이런 말로 병사를 배웅

하도록 위안부에게 지시했다는 것이다. 하기야 가미가제를 운용하던 일본의 제국주의니, 이 어찌 새삼스럽게 놀랄 일이겠는가. 하지만 그로테스크하지 않은가. 시인이 이처럼 그로테스크한 상황을 시에 담는 이유는 무엇일까. 무엇보다 여기서 감지되는 것은 일본의 제국주의에 대한 시인의 야유와 냉소다. 어찌 보면, 이는 상황에 대한 비판적 희화화戱畫化를 겨냥한 것일 수도 있다. 여기서 한 걸음 더 나아가, 성노예로서 위안부들의 고통스러운 삶과 병사들의 '멋진' 죽음이 곧 "천황폐하의 만수무강하심과 / 황실 번영하심을 봉축"하기 위한 것임을 암시함으로써 시인은 야유와 냉소의 수위를 한층 더 높이기도 한다.

이처럼 냉소와 야유가 감지되는 이 시의 제목 역할을 하는 것은 "어두운 데서 못 박으려다 생고생만 잔뜩 한다"라는 미국의 흑인들 사이에 통용되는 속담으로, 이를 통해 시인이 전하고자 하는 메시지는 무엇일까. 이 속담은 누군가가 자신이 하는 일이 무언지 모르면서 하거나 또는 그 일에 서투를 때 그 결과가 신통치 않음을 말하기 위한 것이다. 이에 비춰 볼 때, "어두운 데서 못 박으려" 하는 이들은 "제국"의 "병사들"을 지시하는 것일 수 있다. 하지만 궁극적으로 이 속담이 겨냥하고 있는 것은 죽음의 공포 앞에 떨고 있는 병사들을 전쟁터로 내몰던 "천황폐하"와 그를 앞세운 옛 일본의 제국주의자들을 지시하는 것일 수도 있다. 이와 관련하여, 우리는 그들이 벌인 전쟁이 이길 수 없는 무모한 것임을 모른 채 벌인 것이었다는 점에 유의해야 할 것이다. 그들의 무모한 전쟁 행위는 곧 어둠 속에서 못을 박으려는 행위나 다름없는 것 아니겠는가.

또 한 편의 작품 「못은 자루를 뚫고 나온다」의 시적 소재가 되고 있는 것은 "위안소"에서의 "조센삐"('조선 창녀'라는 일본의 비속어)들의 삶이다. 시에 등장하는 위안소의 "일정"은 1944년 8월 버마에서 미군이 붙잡은 20명의 조선인 위안부와 2명의 일본 민간인을 상대로 하여 작성된 미군 심리 작전팀의 보고서에 근거한 것이며, 그 외 "줄 서서 순번 기다릴 때가 / 매번 부끄러워서 죽겠다"와 같은 일본군 병사들의 반응이나 그들이 "조센삐"들에게 위문품 꾸러미를 갖다 주기도 했다는 등의 이야기 역시 이 보고서에 근거한 것이다.


한 달 한 번씩 군인 받지 않는 날
'황국신민서사' 외우고
일본 병사 무덤에
풀 뜯고 향 꽂고 합장해 주었다.

전쟁터 나가면 환송하고

돌아오면 환영했던

천황폐하의 위안부

소방대 훈련과 가마니에

창 찌르기 연습 날에는

검은 모자 검은 몸뻬를 입혔다.


쿄우에이 위안소 일정이 정해졌다.

일요일 사단 사령부 본부

월요일 기병부대

화요일 공병부대

수요일 휴업일, 성병 검진

목요일 위생부대

금요일 산포부대

토요일 수송부대

의무로서 죽음을 기다리는 병사들

줄 서서 순번 기다릴 때가

매번 부끄러워서 죽겠다던 그들

위문품 꾸러미도 은근슬쩍 쥐어 주는

최전선 조센삐 위안소는 만원사례다

성노예로서의 "조센삐"들이 살아가야 했던 삶에 대한 이 시의 충실한 묘사만큼이나 우리에게 충격을 주는 것이 있다면, 이는 아마도 "의무로서 죽음을 기다리는 병사들"이 "조센삐"들에게 "위문품 꾸러미도 은근슬쩍 쥐어" 줬다는 진술일 것이다. 이러한 진술을 과연 어떻게 이해해야 할까. 성노예를 찾는 일본군 병사들에게도 최소한의 인간애가 있음을 암시하기 위한 것일까. 여기서 우리는 일본의 작가 고미가와 준페이五味川 純平의 소설『인간의 조건』[人間の 條件]에 등장하는 주인공 가지를 떠올릴 수도 있겠다. 무자비하고 야만적이던 일본제국의 군대에도 가지와 같이 인간의 양심을 지닌 병사ㅡ아니, 가지의 고결한 인간성에 미치지는 못하더라도 최소한의 인간애를 지닌 병사ㅡ가 있었음을 말하고자 하는 것이 시인의 의도일까. 어찌 보면, 이 시의 제목인 "못은 자루를 뚫고 나온다"라는 항가리 속담이 의도하는 바는 바로 이 같은 메시지인지도 모른다. 몸이라는 동물적 본능의 '자루'를 뚫고 나오는 양심 또는 인간애가 이 시에서 못에 비유되고 있는 것은 아닐지?

하지만 이 시의 제목에 대한 이해는 여기서 멈출 수 없는데, 못은 곧 인간의 원초적 본능—직설적으로 표현하자면, 성욕—을 암시하는 것일 수도 있기 때문이다. 언제 닥칠지 모르는 죽음과 마주하고 있는 젊은 병사들의 경우, 의지만으로는 도저히 억누를 길이 없는 것이 이 같은 본능 또는 욕구인지도 모른다. 그런 의미에서 성욕이란 "자루를 뚫고" 나오는 "못"과도 같은 것이라 할 수 있다. 그리하여 "줄 서서 순번 기다릴 때가 / 매번 부끄러워서 죽겠다"고 생각하면서도 그들이 찾았던 것이 위안소였으리라. 이 같은 젊은이들의 욕구 해소를 위해 성노예 제도를 운용해서라도 전쟁을 이어가고자 했던 일본의 제국주의에 대한 역사의 준엄한 심판은 필연적인 것이 되어야 한다. 하지만 이제까지의 심판이 과연 '준엄한'이라는 말에 걸맞은 것이었는지? 이 같은 의문을 이 시는 또한 제기하고 있는 것이리라.

　「통시적 시선」을 구성하는 여섯 편의 시 가운데 마지막을 장식하는 「못을 박으려면 대가리를 내리쳐라」는 시인의 비판적 시선이 특히 두드러진 작품이다. 또한 이제까지 검토한 다섯 편의 시와 달리 현재의 시점에서 현재라는 역사적 상황에 초점이 맞춰진 작품이기도 하다. 아울러, 이는 역사적 '김종철'이 아닌 현재적 '김종철'의 목소리가 직접적으로 짚이는 작품이기도 하다. 말하자면, 그 어떤 작품보다 시인 특유의 시적 감수성과 언어적 감각이 또렷이 드러나 있는 작품이라고 할 수 있다. 이를 감안하여 이제까지와 달리 이 여섯째 작품에 대해서는 좀 더 꼼꼼한 시 읽기를 시도하기로 한다. 우선 시를 함께 읽기로 하자.

아베, 아베 말이야
군국주의 혈통 자랑하느라
극우 정치 술수로 표심 자극하느라
천황폐하의 신민에게
위안부는 처음부터 존재하지 않았다고
늙은 일장기 아래서 생떼 부린
버림받은 빈 깡통 아베, 아베 말이야

녹슨 못 넣어 더욱 검게 한 콩조림 요리법처럼
등 굽은 녹슨 아베, 아베 말이야
일제 침략 역사를 더 검게 왜곡시킨 콩조림
A급 전범 복역자 외할비 기시 노부스케
독도를 제 땅이라 망언한 애비 아베 신타로

늙은 야스쿠니 까마귀가 또 우짖는다

입이 가벼우면 이빨도 솟는 법

도쿄 극우파에게 매춘부라 모독당한 위안부 할머니

'늦었다. 하지만,

너무 늦지는 않았다.'

나치 사냥꾼 포스터가 붙은 베를린 벽보에

말뚝 소녀상도 통곡한다

'아베는 늦었다. 하지만

야스쿠니 합사 분리는 늦지 않았다.'

아베 마리아!

　　　—「못을 박으려면 대가리를 내리쳐라—아베 마리아」 전문


　　모두 세 개의 연으로 이루어진 이 시의 부제가 우선 우리
의 눈길을 끈다. "아베 마리아"라니? 널리 알려져 있듯, "아
베 마리아"의 원뜻은 '성모여, 어서 오소서'다. 가톨릭 신자
들의 기도문 가운데 하나인 성모송聖母誦의 시작 부분에 해당
하는 이 말이 시의 부제가 된 이유는 무엇일까. 시인이 가톨
릭 신자이기 때문일까. 물론 그 때문이 아니다. 이 시의 부제
인 "아베 마리아"가 겨냥하는 것은 동음이의어를 수사적으로
활용한 일종의 언어유희—'펀'pun이라는 수사적 장치—로, 이

와 관련하여 일본의 극우파 정서를 대표하는 사람이 바로 현재의 수상 아베 신조安倍 晋三임에 유의하기 바란다. 말하자면, "아베 마리아"는 이 시의 첫 행인 "아베, 아베 말이야"에서 확인되듯 '아베, 그 친구 말이야'라는 말을 숨기는 동시에 드러내기 위한 것이다.

"아베, 아베 말이야." 성모송을 시작할 때 사용되는 표현을 이처럼 비틀어 놓음으로써 시인이 노리는 바는 무엇일까. 무엇보다 이 말에서는 야스쿠니 신사 참배라는 종교 의식에 참여했고 앞으로도 참여할 것을 공언한 아베에 대한 야유가 감지된다. 짐짓 경건하고 정의로운 척하지만 아베는 "극우 정치 술수로 표심 자극"을 위해 성聖과 속俗의 경계를 혼란스럽게 한 장본인일 뿐이다. 아울러, "위안부는 처음부터 존재하지 않았다"라는 식의 "늙은 일장기 아래서"의 "생떼"가 증명하듯, 그는 성과 속의 경계뿐만 아니라 역사적 사실과 정치적 주장 사이에 존재하는 엄연한 경계까지 전략적으로 혼란스럽게 한 장본인이기도 하다. 이 같은 아베에 맞서 시인은 거듭해서 "아베 마리아"와 "아베 말이야" 사이의 경계를 무너뜨리고 있다. 일테면, 아베의 전략을 동원하여 아베에 맞서고 있는 것이다. 또는 적의 무기로 적을 공격하고 있는 셈이다.

이 시의 제1연을 통해 시인이 의도하는 바는 아베를 향한 노골적인 싸움 걸기다. 그와 같은 싸움 걸기에 "아베, 아베 말이야"와 같은 도발적 표현만으로는 부족한 듯 시인은 "천황폐하의 신민"과 같은 표현까지 동원한다. 추측건대, 자신은 천황폐하의 신민이라는 말 자체에 대해 이의를 제기할 일본인은 많지 않을 것이다. 하지만 맥락을 제거한 채 단도직입적으로, 그것도 야유가 감지되는 맥락에서 이 같은 말을 동원하여 일본인의 정체성을 규정하려 할 때 편한 마음으로 이를 받아들일 일본인도 많지 않을 것이다. 그런 의미에서 볼 때, 이 같은 표현을 동원함은 싸움을 걸지 않는 척하면서 상대를 싸움으로 이끄는 싸움 걸기일 수 있다. 게다가, 행여 상대가 무덤덤해할 것을 우려한 듯, 시인은 온갖 자극적인 언사—예컨대, "극우 정치 술수"나 "늙은 일장기"나 "생떼"나 "버림받은 빈 깡통"과 같은 언사—로 아베를 비롯한 일본의 "극우파"를 자극한다. 가히 서쪽에서 동쪽으로 향해 몰아치는 "거친 서풍"과도 같은 싸움 걸기가 아닐 수 없다. 성모송을 비틀어 던지는 "아베, 아베 말이야"라는 언사는 실로 따가운 모래까지 담아 몰아치는 "거친 서풍"이다.

제2연에서 시인은 '빗대기'라는 또 하나의 수사적 장치를 동원하여 아베를 향한 싸움 걸기를 계속한다. 여기서 우리가 주목해야 할 것은 "녹슨 못 넣어 더욱 검게 한 콩조림 요리법"이라는 구절이다. 일본에서는 설날에 오세치御節라는 이름이 붙여진 갖가지 조림 요리를 먹는데, 이 조림 요리 가운데 하나가 우리말로 검은콩자반이라 부르는 쿠로마메黑豆다. 전통적 조리법에 의하면, 이 쿠로마메를 조리하는 과정에 녹슨 못을 넣는다고 한다. 짙고 윤기 나는 색깔에다가 쭈글쭈글하지 않은 예쁜 모양의 쿠로마메를 만들기 위한 이 같은 조리법을 과학적으로 설명하자면, 녹슨 못의 산화철과 콩의 탄닌 사이에 일어나는 화학 반응을 겨냥한 것이다. 아무튼, 시인은 이 같은 전통적 조리법에 의해 만들어진 쿠로마메에 빗댈 수 있는 것이 다름 아닌 아베의 역사관과 언행임을 지적한다. 다시 말해, 시인에 의하면, 아베의 정신과 의식을 지배하고 있는 것은 그것이 무엇이든 기껏해야 쿠로마메 조리 과정에 넣는 "녹슨 못"에 지나지 않는다는 것이다. 제2연의 마지막 부분에 이르러 시인은 이러한 "녹슨 못"의 정체가 무엇인지를 밝히고 있는데, 그것은 바로 "A급 전범 복역자 외할비 기시 노부스케"와 "독도를 제 땅이라 망언한 애비 아베 신타로"의 망령이다. 아베의 내면 한가운데를 차지하고 있는 이 망령들 또는 "녹슨 못"들이 아베의 정신 및 의식과 결합하여 화학 반응을 일으킨 결과가 다름 아닌 정치인 아베의 "일

제 침략 역사"에 대한 "생떼"와 "왜곡"이라는 점, 이렇게 해서 위장된 거짓 역사는 적어도 일본의 극우파 사람들의 눈에 더없이 때깔 좋아 보이는 쿠로마메와 다를 바 없는 것이라는 점, 그것이 바로 시인이 제2연을 통해 전하는 시적 메시지의 요체要諦라고 할 수 있다.

시의 마지막을 이루는 제3연에 이르러 시인의 역할은 "거친 서풍"에서 "예언의 나팔"로 바뀐다. "입이 가벼우면 이빨도 솟는 법"이라는 시인의 예언적 경고는 "늙은 야스쿠니 까마귀"인 아베를, 그리고 "위안부 할머니"에게 "매춘부라 모독"한 "도쿄 극우파"를 향한 것이다. 어찌 보면, "나치 사냥꾼"의 "포스터"에 담긴 "늦었다. 하지만, / 너무 늦지는 않았다"라는 말 역시 아베와 일본의 극우파를 향해 시인이 던지는 또 하나의 예언적 경고일 수 있다. 하지만 좀 더 크고 선명한 예언의 나팔 소리는 이 시의 끝 부분에 준비되어 있으니, "아베는 늦었다. 하지만 / 야스쿠니 합사 분리는 늦지 않았다"가 바로 그 예언의 나팔 소리다.

이제 마지막으로 이 시의 제목인 "못을 박으려면 대가리를 내리쳐라"라는 네덜란드 속담이 의미하는 바가 무엇인지를 검토할 때가 되었다. 원래 이 속담은 '정곡을 찌르라' 또는 '무슨 일을 시도하든 초점을 맞춰 제대로 정확하게 하라'의 뜻을 갖는 것이다. 그런 관점에서 볼 때, 이 속담은 공격 대상이 누구이고 쟁점이 무엇인지를 정확하게 하는 동시에 일격에 대상을 제압하겠다는 시인의 의지를 드러내기 위한 것이라고 할 수 있다. 하지만 누구라도 자신이 문제의 정곡을 찌르고 있다는 식의 주장을 함부로 할 수는 없는 법이다. 아마도 시인 김종철 역시 이 점을 의식하고 있었을 것이다. 설사 누군가가 이 여섯째 시가 정곡을 찌르는 것이라고 말하더라도 시인 자신은 문제의 속담을 의식하여 끝까지 겸손의 태도를 누그러뜨리려 하지 않을 것이다. 그렇다면, 이 속담이 겨냥하고 있는 것은 무엇일까. 여기서 우리는 이 속담이 "침략 역사"에 대한 "생떼"와 "왜곡"에서 벗어나 '문제의 올바른 핵심이 무엇인지 정확하게 감지하고 이를 노리라'라는 일본의 극우파에게 던지는 조언으로 이해할 수도 있다. 아니, 그것이 바로 이 속담이 노리는 바이리라.

## 3. 마무리, 또는 분노와 절망과 고통을 넘어

우리는 김종철 시인이 최근 치유가 쉽지 않은 암과의 싸움을 하는 과정에 「통시적 시선」 연작을 창작했다. 「통시적 시선」은 이처럼 절망적인 투병의 상황에서 창작된 작품이다. 하지만 이 작품 어디서도 시인의 절망과 고통은 감지되지 않는다. 고통과 절망에 휩싸인 채 자신에게 침잠하는 대신, 타인들의 고통과 절망을 이해하는 동시에 이에 공명共鳴하고 있는 시인의 마음이 생생하게 짚일 따름이다. 어찌 놀랍지 않은가. 문득 이 글을 쓰기 바로 전에 시인과 만났을 때 그가 하던 말이 떠오른다. "처음에는 부인하고, 이어서 분노하다가, 마침내 절망하기에 이르렀다오. 그러다가 신과 운명과 타협하게 되었고, 마침내 주어진 운명을 있는 그대로 받아들이게 되었지. 그러자 마음이 어린애 마음 같아지더군." 무엇보다 "어린애 마음"이란 욕심과 아집에서 벗어난 '순수'의 경지를 말하는 것일 수 있다. 바로 이 같은 순수의 경지가 시인을 이끌어 고통과 절망 속의 타인들과 '하나'가 되게 했던 것이리라.

「통시적 시선」에서는 절망과 고통 속의 타인들과 하나가 되고 있는 시인의 마음뿐만 아니라 더욱 풍요로워진 참신한 시적 감수성이 감지되기도 한다. 무엇보다 시인은 우리 주변의 평범하다면 평범하다고 할 수 있는 속담 속에서 섬세하고도 생생한 시적 메시지를, 그것도 살아 있는 생생한 언어를 동원하여 꿰뚫어 읽어 내고 있지 않은가. 아니, 어찌 보면, 시인은 섬세하고도 생생한 시적 메시지를 지극히 일상적인 속담으로 요약하고 있다고 할 수도 있거니와, 어떤 관점에서 보더라도 시인의 돌올<sup>突兀</sup>한 발상은 값진 것이 아닐 수 없다. 과연 이 같은 돌올한 발상을 시인에게 가능케 한 것은 무엇일까. 이 역시 "어린애 마음"에서 감지할 수 있는 순수의 마음 때문이 아닐지?

　이 같은 물음에 어떤 답이 가능하든, 우리는 토마스 만 Thomas Mann의 발언을 떠올리지 않을 수 없다. 그는 1953년 5월 미국에서 발행되는 잡지 『애틀랜틱』(The Atlantic)에서 자신의 소설 『마의 산』(Der Zauberberg, 1924)과 관련하여 이렇게 말한 바 있다. "소설의 주인공 한스 카스토르프가 이해하게 된 바"는 "인간은 병과 죽음의 깊은 체험을 거쳐야만 비로소 높은 차원의 맑은 정신과 건강에 이를 수 있다는 것"이다. 이 같은 경지는 중한 병고를 치른 끝에 기적적으로 건강을 회복한 시인 김종철에게도 적용될 수 있는 것이리라. (2014년 봄)

# '무두정'無頭釘이 함의하는 바를 찾아서

—김종철 시인의 유고 시집과 '못'의 존재론적 의미

## 1. 김종철 시인을 기억에 떠올리며

몸살로 인해 만사가 귀찮게 느껴지던 날, 몸을 뉘인 채 우두커니 텔레비전 화면에 눈길을 주고 있었다. 온통 화면을 채우는 답답하고 우울한 현실을 잠시나마도 잊을 요량으로 채널을 바꾸다가, 인간보다 더 인간다운 미래의 로봇 도라에몬이 등장하는 일본산 만화영화에 한동안 시선을 고정했다. 그렇게 해서 즐기게 된 만화영화의 내용은 대략 다음과 같았다. 노비 노비타—우리말 번역본에는 노진구—는 도라에몬의 '도구'를 이용하여 화석이 된 공룡 알에서 목이 길다고 해서 장경룡長頸龍으로 불리는 공룡 한 마리의 탄생을 가능케 한다. 원래 물에서 사는 이 공룡에게 노비타는 피스케라는 이름을 지어 주고 알뜰하게 키운다. 하지만 피스케가 살아가기에 우리 시대와 장소가 부적절하다는 사실을 깨닫고, 역시 도라에몬의 '도구'를 이용하여 피스케를 백악기 시대의 어느 물가로 되돌아가게 하려 한다. 서로 정이 흠뻑 든 노비타와 피스케는 우여곡절 끝에 오랜 과거의 어느 곳으로 이동하여 마침내 이별의 순간을 맞게 된다. 차마 헤어지지 못하여 눈물범벅이 된 노비타와 피스케가 물가에서 이별하는 장면은 마음을 짠하게 할 정도로 감동적이었다. 아니, 적어도 내게는 그렇게 느껴졌다. 어찌, 헤어지고 싶지 않지만 그래도 여전히 헤어짐을 감수해야 하는 아픔이 노비타와 피스케만의 것이겠는가.

사실 노비타와 피스케의 이별 장면을 보며 마음이 짠해졌던 것은 반년 전에 김종철 시인이 우리 곁을 떠나던 날이 새삼스럽게 떠올랐기 때문이었다. 그를 마지막으로 떠나보내던 날, 조문객의 틈에 끼어 있던 나는 절두산 부활의 집 지하 3층으로 안내되었다. 시인의 영정을 바라보는 순간 많은 조문객이 고개를 숙였다. 누구도 만화영화 속의 노비타처럼 억제하지 못하는 슬픔을 있는 그대로 드러내 보이는 이는 없었지만, 마음만은 노비타의 그것과 다름없었으리라. 그와의 사이가 각별했던 것만큼 나의 슬픔 역시 노비타의 슬픔에 못지 않았다. 문예지 『문학수첩』 창간 준비 작업을 위해 2000년도 초에 인연을 맺기 시작한 우리는 아주 자주 만나 의기투합의 시간을 보내곤 했다. 물론 각자의 불같은 성질을 앞세워 언 쟁을 벌인 적도 몇 차례 있었지만, 불같은 성질의 사람들이 다 그러하듯 쉽게 풀어져 다시 또 언제 그랬냐는 듯 친분을 다지곤 했다. 이제 그와 다시는 한자리를 할 수 없다니! 상념 에 잠겨 있다가 고개를 들어 그의 영정을 바라보니 엷은 미 소를 띠고 있는 것이 아닌가. 아마도 슬픔은 나만의 것인지 도 모른다. 이승의 세계에 갇힌 채 육신의 살아 있음만을 생 명의 징후로 여기는 편협한 영혼의 소유자인 나만의 것인지 도 모른다. 시인 김종철의 영혼은 슬퍼하는 나의 모습을 바 라보며 예의 그 밝은 웃음을, 가지런한 치아를 드러낸 채 환 하게 지어 보이곤 하던 예의 그 밝고 푸근한 웃음을 나에게 던지고 있는 것은 아닌지?

만화영화를 보고 나서 시인이 우리 곁을 떠나던 날뿐만 아 니라 엉뚱하게도 그의 환하고 푸근한 모습까지 떠올리게 되 다니! 무엇보다 시간이 날 때마다 들춰 보던 시인의 유고 시 집 『절두산 부활의 집』(문학세계사, 2014)이 내 곁을 지키고 있 었기 때문이었다. 아니, 그의 유고 시집 어디를 들춰 보아도 죽음을 앞둔 사람이라면 으레 지닐 법한 절망과 좌절과 안타까움과 슬픔을 쉽게 감지할 수 없었기 때문이다. 유고 시집임에도 불구하고 이번 시집에 담긴 어느 작품과 마주해도 감지되는 것은 여느 때와 다름없이 돌올한 시적 상상력과 섬세하고 날카로운 언어, 특유의 반어反語와 기지機智였던 것이다.

후에 확인한 바에 의하면, 『절두산 부활의 집』의 제1부를 구성하는 작품 가운데 「풍수지리」, 「둘레길에서」, 「엄마, 어머니, 어머님」 및 「절두산 부활의 집」을 제외한 시편은 2013년 아산 병원과 일본의 국립 방사선의학 종합연구소에서 치료를 받던 시기에 창작되었다고 한다. (유족을 통해 확인한 바에 의하면, 「풍수지리」와 「둘레길에서」는 2014년 4월에, 「엄마, 어머니, 어머님」는 2014년 2월에 창작된 작품이라고 한다.) 한편, 시집에 표제를 부여한 작품인 「절두산 부활의 집」은 다시금 투병 생활을 시작한 후 시집에 명시되어 있듯 시인이 작고하기 약 2주일 전인 2014년 6월 22일 오후 7시 22분에 창작된 작품이다. 아울러, 제2부의 「망치를 들면 모든 것이 못대가리로 보인다」와 「좋은 철로 못을 만들거나 좋은 사람을 군인으로 만들지 말라」를 제외한 여섯 편의 시는 2013년 가을에 일본에서 치료를 받는 동안에 창작되었다고 한다. (시인은 2014년 1월 4일 제2부의 작품들 가운데 마지막 두 편을 제외한 여섯 편의 작품에 대한 작품론을 나에게 의뢰하면서 일본에서 투병 생활을 하는 동안 창작된 작품임을 밝힌 바 있다. 아울러, 『시인수첩』에 이들 작품을 게재하면서 전체적 제목으로 설정한 「못을 바라보는 여섯 개의 통시적 시선」은 2014년 1월 7일 나와 만나 논의를 거쳐 정한 것이다.) 말하자면, 제2부의 작품 태반이 병상에서 창작된 시편들이다. 그 외의 경우, 제4부의 시편들은 2011년 6월과 8월에 성지 순례를 하는 동안에, 또한 2013년 6월에 해외 여행을 하는 동안에 창작된 것들이다. (이들 여행 시편이 창작된 시기 역시 유족을 통해 확인한 것이다. 유족이 전언한 바에 따르면, 성지 순례 시편 가운데 일부는 제외한 대부분이 2013년 2월 28일 문학수첩에서 발간한 『못의 사회학』 이후에 다듬고 완성한 것이라고 한다. 아울러, 그 가운데 일부는 2013년 8월 초에 암 판정을 받은 후부터 작고하기 전까지 투병 과정에 완성한 것도 있다고 한다.) 한편, 제3부와 제5부의 시편들은 2013년 8월 초 투병 생활을 시작하기 이전에 창작되거나 다시금 투병 생활을 시작했던 2014년 6월 이전에 창작된 것으로 추정된다. 이렇게 정리해 놓고 볼 때, 투병 생활을 직접 반영하는 시편의 대부분은 제1부와 제2부에 수록되어 있다고 할 수 있다. 그럼에도, 거듭 말하지만, 제1부와 제2부의 작품 어디에서도 고통스러워하거나 슬퍼하는 시인과 직접 만날 수 없다. 심지어 아픔과 죽음을 직접 다루고 있는 작품에서조차 우리가 만날 수 있는 것은 아픔 또는 죽음과 형이상학적 거리를 유지하고 있는 시인의 마음이다.

## 2. 「절두산 부활의 집」을 다시 찾아 읽으며

자신의 아픔 또는 죽음조차 형이상학적 거리를 유지한 채 바라보는 시인! 그것이 바로 내가 『절두산 부활의 집』에서 만나는 시인 김종철의 모습이었다. 그런 시인의 모습은 놀라운 것이라고 하지 않을 수 없는데, 누구라도 자신의 아픔이나 죽음을 앞두고 이에 초연할 수만은 없기 때문이다. 아마도 투병 과정에 있거나 죽음을 앞둔 시인이라면 시 창작을 중단하거나 아예 포기하는 것이 상례이리라. 하지만 『절두산 부활의 집』의 제1부와 제2부가 보여 주듯 시인은 투병 과정 어느 때에도 그리고 죽음을 앞에 둔 바로 그 순간에도 창작의 손길을 놓지 않았다. 그는 창작의 손길을 놓지 않았을 뿐만 아니라 조금도 흐트러지지 않은 여일한 필치의 작품 세계를 펼쳐 보여 주었다. 이와 관련하여 우리는 2013년 10월 시인이 일본에서 중입자 치료를 받는 과정에 창작한 시에 담긴 다음 구절에 주목하지 않을 수 없다. "신을 모르는 일본 의사들이 / 빛으로 나의 죽음을 태워 주었다"는 말에 이어 시인은 자신의 마음을 이렇게 드러낸다.

> 그래 그렇구나, 막상 생의 시간을 벌고 나니
> 청명에 죽느냐, 한식에 죽느냐구나
> 나는 기도한다.
> 나를 살려 준 저들을 용서해 주소서!
> ─「나는 기도한다」 제3연

"막상 생의 시간을 벌고 나니 / 청명에 죽느냐, 한식에 죽느냐구나"라니? 널리 알려져 있듯, 청명淸明은 보통 한식寒食과 겹치거나 하루 전에 찾아오는 24절기 가운데 하나다. 그렇기에, '청명에 죽으나 한식에 죽으나 매일반'이라는 속담이 사람들의 입에 오르내리곤 한다. 그렇다면, "생의 시간"을 벌게 되었을 때 시인이 새삼스럽게 이 같은 속담을 떠올리는 이유는 무엇일까. 모르긴 해도, 자신에게 다시금 허락된 "생의 시간"이 얼마가 되든지 이에 연연하지 말아야 하리라는 깨달음을 담기 위한 것은 아닌지? 또는 죽음이 언제 다시 자신을 찾더라도 이에 초연해지고자 하는 마음을 드러내기 위한 것은 아닌지? 아니, "막상 생의 시간을 벌고 나니" 이제까지 노심초사하던 자신의 나약함을 새삼 깨닫고는 이로 인해 느끼는 부끄러운 마음을 드러낼 듯 감추고 감출 듯 드러내기 위한 것이 아닌지? 하지만 시인의 자기 되돌아보기는 여기서 멈추지 않는다. "나를 살려 준 저들을 용서해 주소서"라니! 십자가에 못 박힌 예수님이 하시던 말씀이 떠오르지 않는가. "아버지, 저들을 용서해 주십시오. 저들은 자기들이 무슨 일을 하는지 모릅니다." 시인은 루카 복음서 23장 34절에 나오는 이 말을 비틀어 "나를 살려 준 저들을 용서해 주소서"라는 기도를 올린다. 이러한 기도가 의미하는 바는 무엇일까. 추측건대, 허락된 "생의 시간"만큼 살면서 죄를 더 지을 수밖에 없는 존재가 자신이라는 뜻을 담기 위한 것은 아닌지? 바로 여기서 암시되는 시인의 자기 낮춤 또는 겸손함이 그에게 아픔이든 죽음이든 이에 초연하여 여일한 시 세계를 펼칠 수 있게 했던 것은 아닐지?

하지만 투병 중이었다고 해도 「나는 기도한다」는 삶을 향한 희망이 보일 때 썼던 작품이라고 할 수 있다. 따라서 시인의 여일한 필치를 확인하기 위해서는 삶을 향한 희망의 빛이 보이지 않는 순간에 시인이 창작했던 작품에 대한 검토가 뒤따라야 한다. 내가 『절두산 부활의 집』에 표제를 제공한 시 「절두산 부활의 집」에 대한 작품 읽기를 시도하고자 함은 이 때문이다.

몸과 마음을 버려야만 비로소 머물 수 있는 곳

아내의 따뜻한 손에 이끌려

용인 천주교 공원묘지와 시안에도 들렀다

내 생의 마지막 투병하는데

절두산 부활의 집을 계약했다고 한다

신혼 초 살림 장만하듯 아내와 반겼다


절두산은 성지순례로 가족과 들렀던 곳

낮은 나에게도 지상의 집을 사랑으로 주셨다

머리가 없는

목 잘린 순교의 산

오, 나도 드디어 못 하나를 얻었다

무두정無頭釘

부활의 집 지하 3층에서

망자와 함께 이제사 천상의 집 지으리라

　—「절두산 부활의 집」전문


　시인 김종철은 2014년 7월 5일에 우리 곁을 떠났다. 그리고 위의 작품을 남긴 것은 앞서 밝혔듯 그가 우리 곁을 떠나기 약 2주일 전인 6월 22일의 일이다. 추측건대, 그날 병상의 시인과 그 옆에 있던 시인의 아내는 장지葬地가 정해졌다는 말을 전해 들었을 것이다. "아내의 따뜻한 손에 이끌려 / 용인 천주교 공원묘지와 시안에도 들렀다"는 구절에서 읽을 수 있듯, 어찌 장지를 정하는 일이 쉬운 일이었으랴. 마침내 "절두산 부활의 집을 계약"함으로써 "몸과 마음"을 버리고 난 다음 머물 곳이 정해졌을 때, 시인의 심경은 어떠했을까. 시인은 그 소식을 "신혼 초 살림 장만하듯 아내와 반겼다"고 말한다. 그 순간에 "신혼 초"를 떠올리다니! 놀랍지 않은가. "절두산 부활의 집을 계약했다"는 소식은 이제 이별을 기정사실로 받아들여야 할 때가 되었음을 실감케 하는 것일 수 있거니와, 어찌 그 소식이 반길 수 있는 것이겠는가. 그것도 "신혼 초 살림 장만하듯" 반길 수 있는 것이겠는가. 모르긴 해도, 그 소식을 접하는 순간 이제 헤어짐을 기정사실화해야 하기에 시인과 시인의 아내는 가슴이 미어지는 아픔을 느꼈으리라. 하지만 사랑으로 서로를 감싸 안고 있는 사람 앞에서 어찌 마음속의 아픔을 쉽게 드러낼 수 있으랴. 아마도 두 사람은 미어지는 가슴을 추스르며 소식을 반기는 듯한 표정을 지었을지도 모른다. 어쩌면 서로를 향해 엷은 미소를 입가에 담았을 법도 하다. 미소는 미소를 낳고, 상대의 미소는 자신의 미소를 강화하는 법 아닌가. 그렇게 해서 일순 밝아진 분위기에서 시인은 문득 "신혼 초"에 "살림"할 곳을 찾아다니다가 "계약"에 이르자 함께 반기던 그 시절에 함께 지어 보이던 밝은 표정과 서로의 모습을 떠올리게 되었던 것은 아닐지?

아니, 이렇게 설명할 수도 있겠다. 이승에서 오랜 세월 함께하던 아내와 헤어져 머물 곳이 정해졌을 때, 그것도 우리나라의 가톨릭 신자들에게 으뜸 성지로 꼽히는 곳이 머물 곳으로 정해졌을 때, 시인과 시인의 아내는 앞으로 함께 누릴 영생을 마음속에 그리지 않았을까. 따지고 보면, 신실한 가톨릭 신자인 시인과 그의 아내에게 육신의 죽음으로 인한 이별은 결코 진정한 의미에서의 이별일 수 없다는 굳은 믿음이 있었을 것이다. 여기서 우리는 한용운의 시 「님의 침묵」에 담긴 회자정리會者定離의 이치에 대응되는 이자정회離者定會의 이치를 떠올리지 않을 수 없는데, 두 사람은 잠시 헤어지지만 언젠가 다시 만나 영생을 함께 누리리라는 희망을 공유하고 있었으리라. 바로 이 같은 희망의 마음을 미래의 삶에 대한 포근한 희망으로 가득했던 "신혼 초"에 "살림 장만하듯 아내와 반겼다"라는 말을 통해 전하고 있는 것이 「절두산 부활의 집」의 제1연일 수 있다.

요컨대, "몸과 마음을 버려야만 비로소 머물 수 있는 곳"이 정해졌을 때 두 사람의 마음을 "신혼 초"의 마음과 겹쳐 놓음으로써 시인은 죽음과 이별에 대한 예감을 새롭게 시작될 삶에 대한 희망으로 바꾸고 있다. 아니, 새로운 "신혼"의 삶에 대한 희망으로 바꾸고 있다. 모르긴 해도, 그 옛날에도 "신혼 초 살림"을 위해 두 사람은 온갖 곳을 다녔으리라. 앞서 주목했듯, 마치 "절두산 부활의 집"으로 장지가 정해지기 전에 "용인 천주교 공원묘지와 시안에도 들렀"듯. 이처럼 이곳저곳을 들르는 두 사람의 모습에 대한 시인의 묘사에서 특히 우리의 눈길을 끄는 것은 "아내의 따뜻한 손에 이끌려"라는 구절이다. 바로 이 구절이 시의 분위기 자체를 따뜻하게 만들고 있지 않은가. 아내의 손에 담긴 온기가 시인에게 전해지고 그렇게 해서 따뜻해진 시인의 손을 감싸고 있는 온기가 다시 시인의 아내에게 전해졌으리라. 바로 이 온기로 인해 시인과 시인의 아내는 '하나'가 될 수 있었으리라. 이처럼 '하나'가 된 시인과 시인의 아내에게 육신의 삶이 아닌 영혼의 삶을 위해 마련된 "절두산 부활의 집"이 어찌 "신혼 초 살림 장만"에 비견되지 않을 수 있었겠는가. '하나'인 시인과 시인의 아내에게 새로운 보금자리가 어찌 반갑고 즐거운 것이 되지 않을 수 있었겠는가.

　말할 것도 없이, 「절두산 부활의 집」에 대한 작품 읽기는 여기서 끝낼 수 없다. 제2연의 제1행에서 시인은 이렇게 말한다. "절두산은 성지순례로 가족과 들렀던 곳"이라고. 거듭 말하지만, "절두산"은 우리나라 가톨릭 신자들에게 으뜸 성지다. 이어지는 제2행에서 확인할 수 있듯, 성지인 그곳에 "지상의 집"을 마련하게 되었을 때 시인은 자신이 "낮은 나"임을, 그런 "나"에게 하느님의 "사랑"이 없었다면 그곳에 머물기가 불가능했을 것임을 고백한다. 이러한 고백에서 읽히는 마음가짐을 시인에게 가능케 한 동인動因은 무엇일까. 그리고 앞서 살펴보았듯 "지상의 집"을 새로 마련하는 일을 "신혼 초 살림 장만"에 비유할 수 있도록 시인의 마음을 이끌었던 동인은 과연 무엇일까. 이러한 의문에 젖는 순간 나는 2013년 12월 30일 저녁에 시인과 만났을 때 그가 나에게 하던 말이 떠오른다. "처음에는 부인하고, 이어서 분노하다가, 마침내 절망하기에 이르렀다오. 그러다가 신과 운명과 타협하게 되었고, 마침내 주어진 운명을 있는 그대로 받아들이게 되었지. 그러자 마음이 어린애 마음 같아지더군." 나는 그날 그의 말을 메모지에 적어 놓았다가 그 이듬해 2월에 그의 최근작에 대한 작품론을 쓸 때 그대로 인용한 바 있다. 이 말을, 바로 이 말을 1년의 세월 뒤 이 자리에서 다시금 인용하게 되리라고는 꿈에도 생각지 못했다. 하지만 내가 이를 다시금 인용하는 것은 위의 시를 읽으면서 그의 마음을 새삼 환하게 읽을 수 있었기 때문이다. 그렇다, 운명을 있는 그대로 받아들이고 마음이 어린애 마음 같아졌기에, 그는 "내 생의 마지막 투병" 뒤에 찾을 "지상의 집"에 대해 그처럼 담담하게 말할 수 있었던 것이리라.

어찌 보면, 그와 같은 담담한 마음은 "주어진 운명을 있는 그대로 받아들"이고 "마음이 어린애 마음 같아"진 사람이라면 누구에게나 가능한 것일 수도 있으리라. 하지만 「절두산 부활의 집」에는 시인 김종철에게만 가능한 그 무언가 특별한 것이 있다. 아니, 그가 아니라면 누구에게도 가능치 않은 특유의 상상력과 언어를 선명하게 보여 주는 그 무언가가 있는데, 이는 무엇보다 "절두산"에 대한 시인의 시적 이해다. 물론 "절두산"이라는 말 안에 숨어 있는 의미를 있는 그대로 풀어 놓은 것이 "머리가 없는 / 목 잘린 순교의 산"이다. 그런데 바로 이 "절두산"의 이미지가 시인의 상상 안에서 "무두정"無頭釘—즉, '머리가 없는 못'—의 이미지와 겹쳐지고 있지 않은가! 곧이어 시인은 이렇게 말한다. "오, 나도 드디어 못 하나를 얻었다." 바로 이 '머리가 없는 못' 하나를 마침내 얻었다는 시인의 말이 의미하는 바는 무엇인가.

널리 알려져 있듯, 못은 시인 김종철이 일생에 걸쳐 추구했던 궁극의 이미지다. 어찌 보면, 그에게 못은 인간의 존재

양식 자체를 지시하는 '원형적 이미지'archetypal image일 수 있다. 무엇보다 인간이란 세상 어딘가에 박혀 자국을 남기는 부정적인 의미에서의 못과 같은 존재인 동시에 자칫 와해될 수도 있는 세상을 하나로 묶어 주는 긍정적인 의미에서의 못과 같은 존재일 수도 있다는 점에서 그러하다. 아울러, 인간이란 타인에게 상처를 주기도 하지만 그와 동시에 타인과 '하나'로 결합되는 데 없어서는 안 될 저마다의 못을 마음속에 지닌 존재일 수 있다는 점에서도 그러하다. 그동안 시인은 타인의 모습뿐만 아니라 자신의 모습에서 못을 감지하기도 했고, 타인의 마음속뿐만 아니라 자신의 마음속에 감춰진 못의 존재를 감지하기도 했다. 어찌 보면, 시인이 우리에게 남긴 시의 궤적은 바로 이처럼 인간의 모습에서 감지되거나 인간의 마음속에서 감지되는 못에 대한 관찰과 명상의 기록일 수 있다.

하지만 시인의 그와 같은 못에 대한 관찰과 명상은 그것이 종교적인 차원의 것이라고 해도 여전히 긍정적인 의미에서든 부정적인 의미에서든 현세적인 삶 속에서 인간이 해야 하는 못의 역할에 관한 것이다. 이 같은 못의 역할이 현세적인 것에서 종교적인 것으로 바뀌는 변화의 순간을 말해 주는 작품이 「절두산 부활의 집」이다. 이와 관련하여 약간의 부연 설명을 하자면, 앞으로 머물 곳이 "절두산 부활의 집"으로 정해

겼음을 확인하는 순간에 시인이 이를 반긴 것은 "절두산 부활의 집"이 지상에 존재하는 "하느님의 나라"라는 믿음이 있었기 때문이리라. 이제 곧 그곳에 가게 된 것이다. 여기서 우리는 다가올 소풍이나 방학을 설레는 마음으로 기다리는 어린이의 모습을 읽을 수도 있으리라. 아무튼, 이처럼 시인에게 "하느님의 나라"가 허락되었음을 확인하는 순간, 그의 생각은 더 이상 현세적인 삶 속에서 못이 갖는 의미와 역할에 머물러 있을 수 없게 되었다. 이제 "하느님의 나라"에서 자신이 못으로서 해야 할 의미 있는 역할에 대한 생각이 이를 대신하게 된 것이다. 즉, 못은 현세적 삶의 상징에서 종교적 또는 초월적 삶의 상징으로 바뀐 것이다.

시인이 "나도 드디어 못 하나를 얻었다"고 말함은 그동안에 얻은 온갖 못으로서의 역할과는 다른 의미에서의 못—즉, 현세적 의미를 초월하여 존재하는 종교적인 의미에서의 못—의 역할을 '드디어 얻게 되었음'을 뜻한다. 그것도 "머리가 없는 / 목 잘린 순교[자들]"과 함께하는 것이 허락되었다는 점에서 보면, 비유적인 의미에서 "무두정"이라고 할 수 있는 그들과 마찬가지로 "무두정"으로 "하느님의 나라"인 "절두산 부활의 집"에 머물 자격이 시인에게 주어진 것이다. 이제 "절두산 부활의 집"에 머물면서 순교자들과 함께 "천상의 집"을 짓는 데 필요한 못의 역할을 '받게 되었음'을, 타인에게 상처를 주는 못이 아니라 오로지 "천상의 집"을 짓는 데 필요한 못의 역할을 '받게 되었음'을, 그것도 "머리가 없는 못"의 역할을 '받게 되었음'을 시인은 기꺼워한다. 자신의 존재를 조건 없이 희생했던 순교자들처럼 시인 자신도 자신을 내세우지도 고집하지도 않는 무두정의 역할을 '받게 되었음'을 기꺼워하는 시인의 어조에서는 그늘이 느껴지지 않는다. 여기서 짚이는 것은 죽음을 이미 초월한 자에게만 허락되는 마음의 여유가 아닐지? 하지만 이 같은 초인적인 마음의 여유가 시와 마주하는 사람 모두를 더할 수 없이 숙연케 할 것이다. 어쩌면, 시인의 시어에서 그늘이 느껴지지 않아 그만큼 더 마음속 그늘이 깊어짐을 느끼는 이도 있으리라.

유족을 통해 확인한 바에 따르면, 시인은 시편 「절두산 부활의 집」을 휴대전화기에 남겼다고 한다. 추측건대, 시인이 우리에게 남긴 마지막 작품으로 추정되는 이 시편을 쓸 때 그는 책상 앞에 앉아 컴퓨터를 사용할 수 없었으리라. 그리고 펜을 들어 종이 위에 시상詩想을 옮길 수도 없었으리라. 「절두산 부활의 집」을 읽으면서 나는 병상에 누운 채 전화기를 들고 한 자 한 자 글자를 새겨 옮기는 시인의 모습을 그려 보기도 한다. 육신의 아픔으로 인해, 또한 사랑하는 가족들과 친구들과의 이별에 대한 상념으로 인해, 시인은 얼마나 고통스러웠을까. 하지만 「절두산 부활의 집」에서는 그 어떤 아픔과 고통도, 고뇌도 감지되지 않는다. 평온하고 따뜻한 동시에 맑고 깨끗한 마음만이 짙일 뿐이다. 어찌 그처럼 밝고 환할 수 있단 말인가. 아마도 운명을 받아들이고 어린애 마음으로 돌아갈 수 있을 만큼 크고 넓은 마음의 시인이었기에, 그처럼 밝고 환한 시를 남길 수 있었던 것은 아닐지? 문득 언젠가 그에 대한 글을 쓰면서 동원했던 표현을 바꿔야 하리라는 데 생각이 미친다. 이제는 그를 '못의 사제'로 부르는 대신 '못의 성인'으로 불러야 하리라. "절두산 부활의 집"에서 순교했던 성인들 사이에서 "천상의 집"을 짓고 있는 "무두정"의 시인 김종철의 모습을 떠올리는 순간, 깊어졌던 내 마음속의 그늘이 다시 걷힘을 느끼지 않을 수 없다.

## 3. 다시 시인을 기억에 떠올리며

노비타와 피스케의 눈물 어린 이별 장면이 나오는 만화영화를 보고 나서, 시인의 유고 시집을 다시금 들척이다가 몸살을 잠재우느라 복용한 약 기운 때문인지 나는 얼핏 선잠에 빠져들었다. 그리고 꿈을 꾸었는데, 꿈속에서 나는 만화영화의 마지막 장면을 연상케 하는 바닷가인지 호숫가인지 물가를 거닐고 있었다. 물가를 따라 발걸음을 옮기는데 종이배 하나가 물가로 떠오는 것이 아닌가! 누가 띄운 종이배일까. 호기심에 이를 건져 올리려고 몸을 굽힌 채 손을 뻗는 순간 나는 설핏 잠에서 깨어났다. 다시 꿈속으로 되돌아가 그 종이배를 건져 올릴 수 있다면! 하지만 그것이 어찌 가능하겠는가.

멍한 마음으로 천장을 응시하던 나의 기억에 문득 일본의 한 호텔의 방 창밖으로 환하게 보이던 바다가 떠올랐다. 나와 김종철 시인은 그 호텔 방에 머물고 있었는데, (앞서 머리말에서 되풀이해 밝혔듯,) 시인이 창밖의 바다를 바라보며 쓴 즉흥시라고 하며 메모지를 한 장 건넸었다. 바다와 파도에 관한 그 시의 구체적인 내용은 이제 기억에서 사라졌다. 아무튼, 역시 호텔을 떠나 다음 행선지로 가던 도중 그가 문제의 메모지를 방에 놔 두고 왔다며 아쉬워했다. 그런데 여행을 마치고 돌아와 몇 주가 지난 후에 출판사를 찾은 나에게 놀랍게도 그가 그때의 그 메모지를 보여 주는 것 아닌가. 호텔 측이 우편으로 부쳐 주었다는 것이다. 그때 그 메모지가 돌아오듯 나도 꿈속에서 보았던 그 종이배가 언젠가 꿈길을 따라 나에게 돌아와, 이를 건져 올릴 수 있다면! 그건 그렇고,

종이배가 꿈속에서 보인 이유는 무엇일까. 혹시 타고르의 시 「종이배」에서처럼 누군가가 "크고 검은 글자"로 적은 사연을 적은 종이로 접어 보낸 것은 아닐지? 어딘가 먼 곳에서 누군가가 보낼 법한 사연을 기다리는 나의 무의식이 작용했던 것은 아닐지? 행여 이제 이 세상을 떠난 시인이 시를 적은 메모지로 배를 접어 보낸 것은 아닐지?

생각이 여기에 미치자, 김종철 시인이 「절두산 부활의 집」 이후에 썼을 법한 미래의 시편들을 영원히 읽을 수 없다는 생각이 더욱 내 마음을 깊은 상념에 빠져들게 했다. 상념에 젖어 곁에 펼쳐 놓은 김종철 시인의 유고 시집 『절두산 부활의 집』을 접으려다가 다시금 들척이는데 문득 "마지막 서문"으로 명명되어 있는 시인의 말이 눈에 들어왔다.


이것저것 끌어 모아 시집을 낼까 두렵다. 그래서 작은딸의 힘을 빌려 눈에 뜨이는 원고부터 힘겹게 정리했다. 부끄러운 수준이다.

혹시 시간 지나 책이 되어 나오면 용서 바란다.


그리고 잊어 주길 바란다.

어찌 잊을 수 있으랴. 읽는 마음을 따뜻하게 하는『절두산 부활의 집』에 담긴 시편들을 어찌 잊을 수 있으랴. 어찌 시인이 우리에게 남긴 시편들을, 그의 환한 미소를 잊을 수 있으랴. 잊을 수 없다는 말을 되뇌며, 환하게 이를 드러내 보이며 밝은 웃음을 짓곤 하던 시인의 모습을 다시금 떠올려 본다. 그리고 "드디어 못 하나를 얻"은 시인, "무두정"이라는 이름의 "못 하나"를 얻은 시인을, 아니, 마침내 "무두정"이라는 이름의 "못 하나"가 되어 있는 시인의 모습을 여기에 겹쳐 떠올려 본다. 그러자 이제 '못의 성인'이 되어 "절두산 부활의 집"에 머물고 있는 시인 김종철의 모습이 환하게 떠오른다. 부디 "천상의 집"에서 명복을 누리길! (2015년 봄)

# '못'의 이미지 저편의 '물'의 이미지를 향하여
—김종철 시인의 시 세계에서 감지되는 '물'의 이미지

## 1.「두 개의 소리」에 담긴 '물'과 '바람'의 이미지와 마주하며

김종철 시인이 우리 곁을 떠난 지 벌써 두 해가 된다. 그를 추모하는 모임에서 발표할 글을 준비하기 위해 그가 남긴 8권의 시집을 한곳에 모아 놓고 한 권씩 차례로 다시 읽어 보았다. 그러는 도중에 그의 제6시집『못의 귀향』(시와시학, 2009)을 집어 들자 책의 아랫부분을 감싸고 있는 '띠지'에 담긴 나의 단평短評이 눈길을 끌었다. 이를 소개하자면 다음과 같다. (첨언하자면, '띠지'에 담긴 단평에 대한 일부 자구 수정을 시도했음을 밝힌다.)

'못의 사제'로 일컬어지기도 하는 시인 김종철은 예리한 상상력의 눈을 통해 숙명적으로 죄와 오류를 범하며 살아가야 하는 인간의 모습에서 무수한 못 자국을 꿰뚫어 본다. 이때의 못이란 인간이 저지르는 죄와 오류에 대한 비유적 표현일 수 있다. 한편, 시인은 상상의 눈을 더 멀리 던져, 인간 개개인이 바로 못과 같은 존재이고 나아가 그러한 인간들의 삶 자체가 못을 박는 일임을 간파하기도 한다. 이런 의미에서 볼 때, 시인은 못에 둘러싸여 못을 이끄는 '못의 사제'일 뿐만 아니라, '못'과도 같은 인간 및 인간의 삶에 둘러싸여 그 존재 이유와 의미를 탐구하고 추적한 뒤 인간에게 또한 인간의 삶에게 길을 제시하는 '인간의 사제' 또는 '삶의 사제'라고 해야 할 것이다.

이는 시집 출간에 앞서 김종철 시인의 부탁으로 마련한 것이었다. 사실 시인은 제3시집인 『오늘이 그날이다』(청하, 1990)에서 「못에 대하여」라는 다섯 편의 연작시를 선보인 후 제4시집인 『못에 관한 명상』(시와시학, 1992)에서 유고 시집인 『절두산 부활의 집』(문학세계사, 2014)에 이르기까지 줄기차게 '못에 관한 명상'을 이어 왔으며, 그런 연고로 그의 이름과 늘 함께하는 '못의 사제'라는 별칭은 시인에게 지극히 자연스러운 것이 되었다. 그리고 이 별칭에 대해 누구도 이의를 제기할 수 없을 만큼 김종철 시인은 '못의 사제'로서 '시라는 성전'을 굳게 지켜 왔다.

하지만 그 어떤 별칭도 한 시인의 총제적인 작품 세계를 아우르는 전부일 수는 없다. 때로 '못의 사제'라는 말은 김종철 시인의 시 세계에 폭넓게 접근하는 데 오히려 방해가 될 수도 있다. 다시 말해, 이는 그의 시 세계를 바라보는 시야를 좁혀 일종의 '터널 비전'을 형성케 할 수도 있다. 따라서 '못의 사제'라는 말과 관련된 그 어떤 선입관도 잠시 유보한 채 새로운 시적 이미지나 모티프를 찾는 것도 그의 시 세계에 접근하는 또 하나의 방법이 될 수도 있으리라. 우리가 김종철 시인의 첫 시집 『서울의 유서遺書』(한림출판사, 1975)에 수록된 다음 작품을 각별히 주목하고자 하는 이유는 여기에 있다.


나는 떠도는 물소리다

내가 떠난 것은 모두 물소리다

내가 잃어버리고 나를 잃어버린 것들은

물소리뿐이다

내가 떠나온 자리에는 물소리뿐이다


나는 떠도는 바람이다

내가 떠난 것은 모두 바람이다

내가 잃어버리고 나를 잃어버린 것들은

바람뿐이다

내가 떠나온 자리에는 바람뿐이다

—「두 개의 소리」전문

우리가 이 작품을 주목하고자 하는 구체적인 이유는 무엇일까. 무엇보다 '물'의 이미지가 이 시의 중요한 모티프 가운데 하나로 제시되어 있기 때문이다. 하지만 여기에는 그와 함께 '바람'의 이미지도 등장한다. 수많은 자연의 현상 가운데 시인이 하필이면 물과 바람 또는 물소리와 바람소리를 시적 모티프로 삼은 이유는 무엇일까. 이 물음에 대한 답을 모색하기 위해 동일한 의미 구조를 지니고 있는 이 시의 제1연과 제2연 가운데 우선 제1연을 살펴보기로 하자. 만일 "나는 떠도는 물소리"이고 "내가 떠난 것은 모두 물소리"라면, 시인은 물소리만으로 기억되는 곳을 떠나 떠돌고 있지만 현재 자신의 의식을 지배하고 있는 것은 여전히 예전의 물소리임을 말하는 것 아닐지? 그리고 그곳은 혹시 시인의 고향인 부산의 바닷가가 아닐지? 어찌 보면, 시인은 아일랜드의 시인 윌리엄 버틀러 예이츠William Butler Yeats가 「이니스프리의 호도湖

島」("The Lake Isle of Innisfree")에서 다음과 같이 노래했을 때의 마음을 다른 방식으로 전하고 있는지도 모른다. "나 이제 일어서 가련다. 밤이나 낮이나 항상 / 호숫가에서 철썩이는 낮은 물소리 들리기에. / 길 위에 서 있을 때나 잿빛 포도鋪道 위에 서 있을 때나, / 항상 내 마음 깊은 곳에서 그 소리 들리기에."

이제 제2연에 눈길을 주자면, 자신이 떠나온 고향의 바닷가에 대한 기억에서 물소리와 마찬가지로 그의 의식을 압도하는 것은 바람소리임을 말하고 있는 것은 아닐지? 이렇게 본다면, 물소리와 바람소리가 전부였던 바닷가를 떠나왔지만 여전히 자신의 의식 저변에 자리하고 있는 것은 고향의 바닷가에서 귀 기울이던 물소리와 바람소리임을 시인은 이 시를 통해 말하고 있는 것 아닐지? 만일 이 같은 읽기를 받아들인다면, "내가 잃어버리고 나를 잃어버린 것들"은 "물소리"와 "바람"이고, "내가 떠나온 자리"에는 "물소리뿐"이고 "바람뿐"이라는 시적 진술도 어렵지 않게 이해할 수 있으리라.

여기서 우리는 물과 바람 또는 물소리와 바람소리가 한결 더 근원적인 그 무엇—예컨대, '생명의 근원'으로서의 물과 '생명을 가능케 한 근원적 에너지'로서의 바람—을 지시하는 것으로 볼 수도 있다. 하지만 이 같은 독해는 시를 지나치게 평면적인 것으로 만들 수도 있다. 만일 작품을 평면적인 것으로 만들지 않으면서도 여전히 무언가 근원적인 의미에서의 물과 바람의 의미를 찾고자 한다면, 어떤 의미 부여가 가능할까. 우리가 시인 김종철은 중학생 시절에 세례를 받은 이후 한결같은 가톨릭 신자로서의 삶을 살았음을 주목하고자 하는 이유는 여기에 있다. 사실 성경에서 물은 세례 또는 정화의 수단이기도 하지만, 목마른 자가 절실하게 원하는 물과도 같은 '성령'을 암시하기도 한다. 한편, 성경에서의 바람은 말 그대로 성령을 상징하거나 지시하는 표현이다. 요컨대, 물과 바람은 모두 성령의 존재를 암시하는 상징적 표현일 수 있거니와, 「두 개의 소리」에 언급된 물과 바람도 이 같은 맥락에서 이해할 수 있지 않을까. 물론 "나는 떠도는 물소리다"나 "나는 떠도는 바람이다"를 '나는 떠도는 성령이다'로 읽는 우[愚]를 범해서는 안 될 것이다. 가톨릭을 포함한 모든 기독교 종파의 삼위일체 교리가 암시하듯, 성령은 곧 하느님을 지시하는 것이기에. 이와 관련하여, 시인이 시의 본문에서 '바람소리'가 아닌 '바람'을 말하고 있지만, "두 개의 소리"라는 시의 제목에 비춰 볼 때 본문의 '바람'도 '바람소리'로 읽을 수 있음에 유의해야 할 것이다. 어찌 보면, 자신을 '물'과 '바람'으로 직접 묘사하지 않고 '소리'로 지칭함은 자신이 '물'

과 '바람'이 일깨운 일종의 '효과'나 '결과'임을 암시하기 위한 것이 아닐지? 바로 이런 맥락에서 볼 때, 이 작품은 성령이 충만한 "자리"에서 떠나 있지만 여전히 자신이 성령의 '효과'나 '결과'로 존재함을 선언하는 동시에, 자신이 성령을 잃었고 성령이 자신을 잃었다고 고백할 만큼 성실한 신앙인이 되지 못함을 참회하지만 그럼에도 자신이 돌아갈 자리는 여전히 성령이 충만한 "자리"임을 말하는 일종의 '신앙 고백의 시'로 읽을 수도 있으리라.

## 2 시인에게 '물'이 의미하는 바를 찾아

물과 바람 또는 물소리와 바람소리가 시적 모티프로 등장한 「두 개의 소리」에서 이 같은 의미 읽기의 가능성을 가늠하자, 나에게는 시인의 제2시집인 『오이도』(문학세계사, 1984)에 수록된 다음의 작품이 예사롭게 읽히지 않았다. 바람의 이미지가 짙이는 작품도 여러 편 있다는 점에서 이에 대한 논의가 따로 필요하겠지만, 이번의 논의에서는 애초 논의의 발단이 된 물의 이미지가 짙이는 작품에 집중하기로 하자. 사실 다음과 같은 작품이 지니는 물의 이미지가 함의하는 바는 맑고 깨끗한 그 무엇이라는 점에서 물의 이미지에 대한 의미 확장을 가능케 하는 작품으로 읽히기도 한다.


아내는 외출外出하고

어린 두 딸과 잠시 빈 방을 채우며 뒹굴다가

그들이 눈을 붙이는 사이

적막 같은 비가 한 줄기 쏟아진다

두 딸년의 잠든 눈썹 사이로 건너뛰는 빗줄기

나는 적막이 되어

유리창 끝에 매달리고

한 방울의 물이 우리를 밖으로 내다놓는다

한 방울의 물이 또 다른 한 방울의 물과 어울리는 동안

우리 집의 모든 물은 적막같이 돌아눕고

어울릴 수 없는 한 방울의 물만이

창턱을 괴고

외출한 한 방울의 물소리에 귀를 열고 있다.

―「아내는 외출(外出)하고」 전문


앞서 잠깐 언급했듯, 물은 세례 또는 정화의 수단이다. 또한 물은 그 자체가 정결함을 암시한다. 정결한 것이기에 물은 정화의 수단이 될 수 있는 것 아니겠는가. 깨끗한 비가 세

상을 깨끗하게 씻어내듯. 아무튼, 「아내는 외출<sup>外出</sup>하고」의 배경을 이루는 것은 바로 "한 줄기"의 "비"다. 아내가 외출하자 시인은 집에 남은 "어린 두 딸과 잠시 빈 방을 채우며 뒹"군다. 이처럼 아이들과 '하나'가 되어 뒹굴며 노는 어른에게서도 무구無垢함이 느껴지는 것은 마음까지도 '하나'가 되었기 때문 아닐까. 사실 이 시에서 감지되는 맑고 정결한 분위기는 "비"의 이미지 때문이기도 하지만, 이와 함께 이처럼 시인이 "어린 두 딸"과 뒹굴며 놀던 바로 그때 그의 마음이 담긴 시어 때문이기도 하리라.

아무튼, "어린 두 딸"이 "눈을 붙이는 사이 / 적막 같은 비가 한 줄기 쏟아진다." 이제 시인은 창밖의 비를 배경 삼아 잠이 든 "어린 두 딸"의 얼굴 모습을 찬찬히 바라본다. "두 딸년의 잠든 눈썹 사이로 건너뛰는 빗줄기"는 그런 시인의 눈길이 포착한 정경을 언어화한 것이리라. 이윽고 시인은 상상 속에서 "한 방울의 물"이 되어 "유리창 끝"에 매달린다. 그것도 "적막이 되어." 이제 시인은 혼자 창밖의 비에 눈길을 준 채 적막하게 혼자 아내를 기다리고 있는 것이다. 여기서 빗방울은 창 바깥쪽에 매달린다는 점에서 보면 시인의 마음만큼은 창밖으로 나가 기다리고 있음을 암시하는 것으로 읽을 수도 있다. 그런데 시인은 "한 방울의 물이 우리를 밖으로 내

다놓는다" 말하고 있거니와, 이 말이 의미하는 바는 무엇일까. 이때의 "한 방울의 물"은 시인의 아내를 지칭하는 것으로, 사실 깨어 있는 사람은 시인뿐이지만 외출한 이를 기다리기에는 시인의 딸들도 마찬가지임을 시인이 이 표현에 담은 것 아닐지? 비에 젖어 돌아올 아내 / 엄마에 대한 걱정에 "우리"의 마음만큼은 "밖"에 나가 있는 것을 그렇게 표현한 것 아닐지?

이어지는 "한 방울의 물이 또 다른 한 방울의 물과 어울리는 동안"은 빗물 방울이 합쳐져 '하나'가 되는 모습을 묘사한 표현인 동시에, 아내를 기다리는 시인의 마음과 엄마를 기다리는 두 딸의 마음이 '하나'로 모아지고 있음을 시각화한 표현으로 읽히기도 한다. 더할 수 없이 맑고 정갈한 동시에 아름다운 이 같은 표현에 이어, 시인은 다음의 시적 진술로 시를 마감한다. "우리 집의 모든 물은 적막같이 돌아눕고 / 어울릴 수 없는 한 방울의 물만이 / 창턱을 괴고 / 외출한 한 방울의 물소리에 귀를 열고 있다." 굳이 사족蛇足과 같은 말을 덧붙이자면, 두 딸은 아직 잠든 상태에서 몸을 돌아눕고 있음을, 그리하여 깨어 있는 상태에서 외출한 아내가 돌아오기를 기다리는 이는 시인 혼자뿐이다. 이를 시인은 "창턱에 괴"어 있는 "한 방울의 물"이 "외출한 한 방울의 물"이 돌아오는

"소리에 귀를 열고 있다"로 표현하고 있는 것이다! 맑고 깨끗한 아름다움이, 따뜻함과 평온함이 감지되지 않는가! 정녕코, 이 시에 등장하는 시인과 그의 아내와 그들의 "어린 두 딸"이 모두 "유리창"에 매달린 빗물 방울처럼 맑고 깨끗하게 느껴진다. 만일 여기서 우리가 시인과 그의 가족이 하늘에서 내리는 비와도 같은 성령—앞서 「두 개의 소리」와 관련하여 언급한 바 있는 성령—의 세례를 받아 맑게 빛나는 모습까지 상상 속에 그린다면, 이는 지나친 창조적 읽기가 아닐지?

"오이도"라는 섬이 시집의 제목이 되어 있는『오이도』에는 '바다'가 자주 등장하고, 이에 따라 물을 연상케 하는 시적 이미지가 자주 등장한다. 아울러, 바로 위에서 검토한 작품이 하나의 예이듯, '비'가 중요한 시적 모티프로 등장하는 예 또한 적지 않거니와, 당연히 이 또한 물을 연상케 하는 시적 이미지를 이끈다. 이처럼 물의 이미지가 시 세계에 자주 등장하기 때문인지는 몰라도, 시집을 소개하는 앞표지의 문구에는 "서정시의 새로운 광맥, 물의 언어들"이라는 표현이 강조되어 있기도 하다. 어찌 보면, 앞서 잠깐 언급했듯, 제3시집인『오늘이 그날이다』에 수록된 다섯 편의 연작시 「못에 대하여」를 기점으로 하여 그 이후의 시 세계가 '못'의 이미지에 초점을 맞춰 전개되고 있다면,『오이도』의 시 세계는 '물의 이미지'를 중심으로 하여 전개되고 있다 해도 틀린 말이 아닐 것이다. 물론 『오늘이 그날이다』에도 물의 이미지가 중요한 시적 모티프가 된 작품도 더러 있거니와, 대표적 예 가운데 하나가 「콩나물 기르기」일 것이다.

물을 줍니다.
빼곡하게 고개를 내밀고 있는
콩나물 얼굴은 모두 같은 모습입니다.
그들은 크게 보이기 위하여
저마다 발뒤꿈치를 들고 서 있습니다.
물은 언제나 쉽게 빠져나갑니다.
물은 그냥 얼굴과 발등을 적시고
눈을 감습니다.

아내는 매일 기도를 합니다.
신앙이 자라지 않는다고 자주 짜증을 냅니다.
아내의 기도는 물처럼 빠져나갑니다.
한번도 고여 있질 못합니다.
흰 미사포를 쓴 아내가 때로는 가엾습니다.

나는 늘 물소리를 듣습니다.

새벽마다 물 떨어지는 소리에 눈을 뜹니다.

오늘도 우리집 콩나물은

흰 미사포 같은 헝겊을 머리에 이고

하루가 다르게 쑤욱쑥 올라와 있습니다.

―「콩나물 기르기」 전문

「콩나물 기르기」에 등장하는 "물"은 무엇보다 콩나물과 같은 생명을 성장하게 하는 원동력으로서의 자연의 물이다. 물을 주어 키우는 콩나물에 대한 묘사가 이 시의 제1연을 이루고 있는데, 시인은 콩나물을 의인화함으로써 이에 시적 생동감을 부여한다. "모두 같은 모습"의 "얼굴"을 지닌 "콩나물"이 "크게 보이기 위하여 / 저마다 발뒤꿈치를 들고 서 있"다는 표현은 참으로 산뜻하다. 아무튼, 그들에게 "물"을 주면 "물은 언제나 쉽게 빠져나"간다. 시인은 심지어 물까지 의인화하고 있거니와, "물은 그냥 [콩나물들의] 얼굴과 발등을 적시고 / 눈을 감[는]다"는 구절은 이 시에서의 "물"이 "콩나물"과 마찬가지로 나름의 생각과 마음을 지닌 의식체意識體임을 암시한다. 이처럼 "콩나물"과 "물"을 의인화함으로써 시인은 양자가 결코 평범한 의미에서의 자연물이 아님을 받아들이도록 독자를 이끈다.

따지고 보면, 이처럼 이중 二重의 의인화를 통해 "콩나물 기르기"를 묘사한 제1연만으로도 이 시는 시적 완결미를 성취하고 있다고 해도 과언이 아니다. 하지만 시는 여기서 끝나지 않는다. 즉, 제2연에 이르러 "매일 기도를" 하는 "아내"가 등장한다. 시인은 매일 기도하지만 "신앙이 자라지 않는다고 자주 짜증을 [내는]" 아내의 모습을 콩나물의 성장과 겹쳐 보고 있거니와, 이를 직접 암시하는 것이 "아내의 기도는 물처럼 빠져나[간]다"는 구절이다. 마치 콩나물에 준 물이 "언제나 쉽게 빠져나"가듯, "아내의 기도" 역시 "물처럼" 쉽게 "빠져나"가고 "한번도 고여 있질 못"한다. "흰 미사포를 쓴" 채 기도하는 "아내"의 모습을 바라보며, 시인은 "때로는 가엾[다]"는 생각이 듦을 고백하기도 하는데, 여기서 우리는 아내에 대한 시인의 애틋한 사랑의 마음을 읽을 수도 있으리라. 아무튼, "기도"를 "물"에 비유한 제2연에서 특히 우리의 눈길을 끄는 것은 아내가 "흰 미사포"를 쓰고 있다는 점이다. 콩나물을 기를 때는 빛을 차단하기 위해 콩나물 위를 헝겊으로 덮곤 하는데, 바로 이 헝겊의 이미지를 떠올리게 한다는 점에서 '콩나물 기르기'와 '신앙심 기르기' 사이의 병치는 수사적으로 더할 수 없이 깔끔한 것이 되고 있다.

제3연에 이르러 제1연의 시적 진술과 제2연의 시적 진술은 하나로 모아지는데, 시인이 "늘" 듣는 "물소리"—또는 시인의 "눈"을 뜨게 하는 "새벽마다 물 떨어지는 소리"—는 이중의 의미를 갖는다. 우선 아내가 콩나물에 물을 주는 소리일 수도 있고, 또한 아내가 기도를 하며 내는 소리일 수도 있다. 따라서 이어지는 시적 진술은 단순히 "하루가 다르게 쑤욱쑥 올라와 있"는 콩나물에 관한 것일 뿐만 아니라, "흰 미사포"를 "머리에 이고" 기도를 되풀이하는 가운데 "하루가 다르게 쑤욱쑥 올라와 있"는 아내의 신앙심에 관한 것일 수도 있다.

이처럼 물과 기도를 겹쳐 읽도록 함으로써 시인은 물의 의미뿐만 아니라 기도의 의미를 더욱 생생한 것으로 만들고 있거니와, 자연의 생명을 성장케 하는 것은 단순히 물이 아니다. 어찌 보면, 물은 생명의 성장을 바라는 자연 또는 하느님의 따뜻한 마음을 상징하는 것일 수 있거니와, 성경의 창세기 1장을 보면 하느님은 당신이 창조한 인간뿐만 아니라 온갖 생명에게도 "복을 내려 주시"지 않았던가. 이런 의미에서 물은 단순히 생명체의 필수 요건으로서의 물뿐만 아니라 하느님의 축복이 담긴 사랑의 전달자—즉, 생명을 "적[셔 주]고 눈을 감"는 '의식체'—일 수 있다. 사실 이 때문에 모든 기독교 종파에서 물은 곧 '세례의 수단'이 된 것이리라. 한편, 흔히 가톨릭교도와 개신교도 모두 신앙심을 키우는 데 가장 소중한 수단이 곧 기도임을 말하곤 하는데, 기도의 역할은 "물처럼 빠져나"가고 "한번도 고여 있질 못"하지만 그럼에도 여전히 신앙심을 "하루가 다르게 쑤욱쑥 올라"가게 하는 데서 찾아야 하리라. "신앙이 자라지 않는다고 자주 짜증을 [내는]" 아내를 가엾다고 하지만, 콩나물이 자라듯 "하루가 다르게 쑤욱쑥 올라와" 있는 아내의 신앙심에 대한 확신이 시인을 「콩나물 기르기」와 같은 시의 창작으로 이끌었는지도 모른다.

'못'의 이미지가 김종철 시인의 시 세계에서 점점 큰 비중을 갖게 됨에 따른 것인지는 몰라도, 제4시집『못에 관한 명상』(시와시학, 1992)에서부터는 '물'의 이미지가 그의 시 세계에서 차지하는 비중은 비교적 낮아진다. 하지만 "어머니 유해를 먼 바다에 뿌렸다"로 시작되는 「청개구리─못에 관한 명상 35」에서 물의 이미지는 여전히 중요한 시적 모티프가 되고 있다. 한편, 이제까지와는 다른 부정적 의미에서의 물의 이미지가 등장하긴 하지만, 제5시집『등신불』(문학수첩, 2001)에 수록된 「시화호를 바라보며─산중문답 시편 12」 역시 물의 이미지에 대한 깊은 사색을 반영한 또 한 편의 작품이다. 하지만 물의 이미지와 관련하여 무엇보다 압권으로 내세워

야 할 작품은 제6시집에 수록된 「빨래—초또마을 시편 8」일
것이다.

한겨울 마당에 널어 두었던 빨래

해 지기 전 걷으라고 누나는 신신당부했습니다

우리는 노는 데 그만 정신 팔려

깜깜한 밤 되어서야 부랴부랴 걷었습니다

장작개비처럼 뻐등뻐등 얼어붙은 빨래,

그날 장터에서 늦게 돌아온 누나는

몽둥이로 등짝을 후려쳤습니다

풀죽은 빨래도 화나면 몽둥이가 되었습니다

—「빨래—초또마을 시편 8」 전문

『못의 귀향』에 대한 작품론에서 나는 "장작개비처럼 뻐등
뻐등 얼어붙은 빨래" 또는 "풀"이 죽어 있지만 "화나면 몽둥
이가 되"는 "빨래"에서 못의 이미지—그것도 '나무못'의 이미
지—를 읽은 적도 있지만, 여기서도 우리는 여전히 물의 이
미지가 핵심이 되고 있음을 간과해서는 안 될 것이다. 지극
히 상식적인 말이지만, 물은 상온에서 액체 상태이지만 영하
의 온도가 되면 고체 상태인 얼음으로 변한다. 말하자면, 빨

랫감에 스민 물은 때로 얼음으로 변하여 "풀죽은 빨래"를 "몽둥이"로 만들기도 한다. 이처럼 물은 지극히 유연한 상태에서 지극히 경직된 상태로 용이하게 변할 수 있기에, 인간의 어느 한 단면을 설명하고자 할 때 자주 동원되는 비유가 다름 아닌 물이다. 예컨대, '따뜻한 물처럼 온화했던 그 사람의 마음이 얼음처럼 차가워졌다'와 같은 표현을 우리는 자주 사용한다. 하지만 "풀죽은 빨래"가 "몽둥이"로 변하던 순간의 추억을 시화詩化하고 있는 시인 김종철의 시적 감수성은 결코 이 같은 진부하고 평범한 비유와 동일한 차원에서 논의할 성질의 것이 아니다. 아니, 그가 이 시에서 보여 준 시적 감수성은 진정 예사롭지 않은 것으로, 바로 이 같은 예사롭지 않은 감수성 때문에 우리는 그가 때 이르게 이 세상을 떠난 것에 더욱더 아쉬워하지 않을 수 없다.

나는 앞서 쓴 시인의 시에 대한 작품론에서 세 개의 시적 진술을 읽을 수 있다고 말한 바 있다. 그때의 논의를 기억하며 이를 다시 정리하자면 다음과 같다. 첫째, 어린 시절의 시인을 포함한 "우리"는 "노는 데 그만 정신 팔려" 누나의 "신신당부"에도 불구하고 "한겨울 마당에 널어 두었던 빨래"를 "해 지기 전"에 걷지 못하고 "깜깜한 밤 되어서야 부랴부랴 걷[는]다." 이어서, "장작개비처럼 뼈등뼈등 얼어붙은 빨래"

를 보고 "장터에서 늦게 돌아온 누나"는 "몽둥이로 [우리의] 등짝을 후려[친]다." 끝으로, "풀죽은 빨래도 화나면 몽둥이가 [된]다." 만일 첫째 진술과 둘째 진술에만 초점을 맞추는 경우, '노느라 정신이 팔려 시킨 일을 제때 하지 못해 윗사람에게 크게 야단을 맞았다'가 될 것이다. 어릴 적 그런 경험이야 누구에게나 있었을 법하다. 이처럼 누구에게나 있었을 법한 이야기라는 점에서 볼 때, 이는 옛 추억을 일깨우는 감미로운 것이긴 하나, 이를 예외적으로 문제 삼을 만큼 특별한 매력을 지닌 시적 소재라 할 수 없을 수도 있다. 하지만 마지막 진술은 앞선 진술을 새롭게 조명하도록 우리를 유도하거니와, 우리는 이를 '인식의 전경화'前景化, foregrounding로 명명할 수도 있을 것이다. '인식의 전경화'라니? 추위에 빨래가 얼어붙은 것을 본 사람은 적지 않을 것이다. 어쩌면 그런 빨래로 얻어맞은 적이 있는 사람도 있을 수 있다. 하지만 이런 경험은 평범한 일상의 체험 가운데 일부가 되어 우리 의식의 배경에 머문다. 그런데 시인은 "풀죽은 빨래도 화나면 몽둥이가 [됨]"을 주목하는 동시에 언어화함으로써 이를 '전경화'하고, 그러한 '전경화'를 통해 우리를 새로운 인식의 차원으로 이끈다. 요컨대, 시인은 "풀죽은 빨래도 화나면 몽둥이가 [된]다"는 시적 발언을 통해 우리가 일상적이고 평범한 것으로 보아 넘겼던 인식의 대상에 새로운 '의미의 빛'을 부여한다. 나아가, 평범하고 일상적이어서 예사롭게 여겼던 우리의 경험 세계를 새롭고 낯설게 다시금 인식하도록 우리를 이끈다. 그것이 바로 평론가 새뮤얼 테일러 코울리지Samuel Taylor Coleridge가 윌리엄 워즈워스William Wordsworth의 시에서 꿰뚫어 보았던 놀라운 시적 경지가 아니겠는가.

정녕코, 자신이 어린 시절 누나한테서 등짝을 얻어맞을 때 동원된 "몽둥이"가 바로 "장작개비처럼 뻐둥뻐둥 얼어붙은 빨래"라는 진술은 쉬워 보이지만 아무에게나 가능한 것이 아니다! 아울러, "풀죽은 빨래"로 얕잡아 보았던 것도 때로 "몽둥이"가 될 수 있음에 대한 깨달음이 어린 시절의 것이든 어른이 되어 얻게 된 것이든, 이를 인식하고 언어화하는 능력은 아무에게나 주어지는 것이 아니다. 여기서 우리가 주목해야 할 것은 이뿐만이 아닌데, "빨래"라는 인식의 대상에 "누나"라는 또 다른 인식의 대상이 겹쳐지기 때문이다. 즉, 평소에는 그처럼 온화하고 상냥했던 누나가 화를 낼 수도 있고, 화나면 몽둥이처럼 무서워질 수 있다는 시적 메시지에도 우리 마음의 눈길은 이끌린다. 어찌 보면, "풀죽은 빨래"와 '온화한 누나'를, 그리고 "얼어붙은 빨래"와 '화난 누나'를 병치시킴으로써, 시인은 어느 순간 낯설게 변하던 누나의 모습을 실감 나고 생생하게 재현하고 있다고 할 수 있다. 나아가, 놀라운 변화에 대한 과거의 기억이 마음속에 남아 있음을, 이제 어린 시절의 추억을 간직한 "초또마을"에 대한 이야기를 하는 자리다 보니 그때의 일화逸話를 새삼 떠올리지 않을 수 없음을 더할 수 없이 생생하게 전하고 있는 것, 그것이 바로 「빨래—초또마을 시편 8」이다.

## 3. 시인이 느꼈을 '목마름'을 되짚어 가늠하며

종파를 초월하여 기독교에서 예수 그리스도는 종종 '하느님의 어린 양'에 비유되기도 하지만, 영국의 시인 윌리엄 블레이크William Blake의 「호랑이」("The Tyger")나 미국의 시인 토머스 스턴스 엘리엇Thomas Stearns Eliot의 「제론션」("Gerontion")에서 감지할 수 있듯, 특히 엘리엇이 최후의 심판을 위해 우리에게 모습을 드러낸 그의 모습을 '호랑이'에 비유한 바 있듯, 온유함과 엄정함을 동시에 지닌 존재다. 어찌 보면, 물도 세례와 정화의 수단인 동시에 인간에게 내려지는 성령을 상징하는 것이기도 하지만, 창세기의 노아의 방주와 관련된 이야기에서 보듯 하느님이 포악해진 인간을 심판할 때 동원했던 무서운 도구이기도 하다. 비록 종교적 맥락에서는 아니지만, 앞서 검토했듯, 김종철 시인이 이처럼 선명하게 대비되는 물의 두 이미지를 시에서 일깨우고 있다는 점은 흥미롭다. 어찌 보면, 성경의 내용이 의미하는 바를 마음 깊이 체득하고 있음을 간접적으로 드러내는 것이 이처럼 대비되는 물의 이미지에 대한 주목이 아닐까 싶기도 하다. 사실 물의 이미지뿐만 아니라 그가 특히 즐겨 시에서 일깨웠던 못의 이미지도 성경뿐만 아니라 자신의 신앙에 대한 깊은 이해와 깨달음을 반영한 것이라는 점에는 이의가 있을 수 없다.

그럼에도 불구하고, 김종철 시인은 여행을 할 때든, 편집 회의를 하거나 식사를 할 때든, 또는 단순히 친분을 위해 만나 환담을 나눌 때든, 어느 때도 자신이 종교적 믿음이나 견해를 드러내 놓고 말한 적이 없었다. 하지만 그의 작품과 마주하면 우리는 때로 그가 얼마나 신앙심이 깊은 가톨릭 신자였는가를 확인하지 않을 수 없거니와, 그가 남긴 마지막 시편 가운데 물의 이미지를 담고 있는 다음 작품이 주는 울림은 헤아릴 수 없이 깊다.

양을 잡을 때 칼을 보이면
공포가 살에 스민다고 합니다
그 살점은 공포입니다

내가 본 것 들은 것 깨달은 것 모두 두고 가리라

어린 양의 갈증은 물 마시며 물을 찾는 것

주여! 저는 당신을 애터지게 찾고 있습니다

　─「목마름에 대하여」 전문


　말할 것도 없이, 시인이 여기서 말하는 "목마름"은 성령 또는 하느님의 은총과 사랑에 대한 상징으로서의 "물"에 대한 목마름이리라. 물론 자신이 받아 왔고 또 받고 있는 성령이, 하느님의 은총과 사랑이 부족하기에 목마름을 느끼는 것은 아니다. 채워져 왔고 또 채워지고 있어도 여전히 채워지기를 갈망하는 것이 자신과 같은 "어린 양"이 느끼는 "갈증"이기에, 시인은 여전히 목말라하는 것이다. 그리하여, "물 마시며 물을 찾는 것"과 같은 모순된 상황임을 알면서도, 시인은 하느님을 향한 탄원은 그칠 수 없다. 시인이 느끼는 "갈증"이 어찌나 강렬한 것인지를 보여 주는 것이 있다면 이는 바로 "주여! 저는 당신을 애터지게 찾고 있습니다"에 담긴 "애터지게"라는 간명한 언표言表이리라. 정녕코 이 한마디의 표현에서 우리는 시인이 느꼈을 법한 간절함이 어떤 정도였는지를 미뤄 짐작하지 않을 수 없다. 그처럼 시인은 하느님을 향해 간절한 목마름을 호소하고는 우리 곁을 떠났다. 뒤에 남은 우리는 또 다른 차원의 목마름—지극히 세속적인 차원의 목마름—을 호소하지 않을 수 없는데, 이는 바로 시인 김종철이 우리 곁에 있었다면 펼쳐 보였을 시 세계에 대한 목마름이다. 이 같은 세속적인 목마름에 대한 호소를 어디를 향해 해야 할까. 하느님께 시인 김종철을 잠시 다시 보내 주십사 탄원해야 할까. 아, 안타깝도다. (2016년 여름)

# '관포지교'의 경지에 버금가는
# 두 문인의 우정을 기리며

—김재홍 교수의 김종철 시인 작품론에 관한 소고

## 1. 김종철 시인과 김재홍 교수의 우정을 가늠하며

『문학수첩』의 편집위원으로 일할 당시 발행인인 김종철 시인의 배려로 편집위원들이 함께 중국 여행을 한 적이 있다. 우리 일행이 장가계張家界를 찾은 뒤에 북경에 있는 한 호텔에 머물 때였다. 함께 여행을 왔던 김재홍 교수가 학교 일로 인해 일정을 마치기 며칠 전에 먼저 귀국해야 했다. 그는 학교에서 중요 보직을 맡고 있었던 것이다. 다음 날 새벽에 김 교수는 잠들어 있는 우리들을 깨우지 않은 채 조용히 떠났다. '나머지 일정을 함께하지 못함에 미안하다'는 마음을 담아 작은 선물을 김종철 시인과 내가 머물던 호텔 방의 침대 머리맡에 남기고. (어떻게 해서 그가 김종철 시인과 내가 머물던 방에 들어올 수 있었는지는 아직도 모르겠다. 혹시 전날 밤에 두고 간 것을 모르고 있다가 아침에 확인한 것일 수도 있겠다.) 아침이 되어 잠에서 깨어난 김종철 시인이 그가 남긴 뜻밖의 선물에 눈길을 주고는 그의 세심하고 자상한 마음에 대해, 그리고 그와의 인연에 대해 이런저런 이야기를 나에게 들려주었다.

그의 이야기에 따르면, 동년배인 김종철 시인과 김재홍 교수는 고등학교 시절 문학을 사랑하는 학생들끼리 서신을 주고받는 사이로 시작되었단다. 그리고 1960년대 말 비슷한 시기에 앞서거니 뒤서거니 신춘문예를 통해 등단한 뒤 둘은 하루가 멀다 하고 만나는 사이가 되었다고 한다. 일이 있든 없든 언제나 만나 술잔을 앞에 놓고 문학을 이야기하고 시를 이야기하며 더욱더 돈독하게 우정을 쌓아 갔다는 것이다. 그리고 김종철 시인은 자신이 '못의 시인'으로 자신의 시적 정체성을 확립하는 데 누구보다 큰 힘이 되어 준 문단의 친구가 김재홍 교수임을 힘주어 말하기도 했다. 또한 그런 연고로 그의 제4시집인 『못에 관한 명상』(시와시학, 1992)에 김재홍 교수가 작품론을 쓰면서부터 둘 사이에는 시집에 수록될 작품론과 관련하여 다음과 같은 약조를 했다고 했다. 앞으로 김종철 시인이 개인 시집을 낼 때마다 그 시집에는 언제나 여일하게 김재홍 교수가 작품론을 맡아 쓰기로.

여행 이전에도 그랬지만 이후에도 나는 단순히 시와 문학의 차원을 벗어나 일상과 삶 한가운데서도 서로 아끼고 존중하면서도 매서운 비판을 서슴지 않는 둘 사이의 여일한 만남을 수도 없이 눈과 귀로 확인할 수 있었다. 그러는 사이에 나는 둘의 관계야말로 실로 관포지교管鮑之交의 경지에 버금가는 것이라 하지 않을 수 없다는 생각을 갖기도 했다. 비록 친구 사이에 만났다가 헤어지고 잊음이 숨 쉼이나 허기 채우기와 같이 자동화되고 일상화된 각박한 세상이지만, 그럼에도 세상이 다 그렇지만은 않음을 보여 주는 것이 예사로워 보이지만 예사롭지 않은 김종철 시인과 김재홍 교수 사이의 우정일 것이다. 김 교수 자신이 『못의 귀향』(시와시학, 2009)에 담긴 작품론에서 동원한 표현을 빌리자면, 그들 사이의 우정은 "내 아름다운 도반의 한 사람으로서" 서로에게 느끼지 않을 수 없었던 "운명적 우정"이었다고 해도 좋을 것이다.

따지고 보면, 그처럼 지극한 우정을 나누는 사이라고 해도, 무언가의 약조를 했다고 해서 이를 곧이곧대로 지키기란 말처럼 쉬운 일이 아니다. 김종철 시인과 김재홍 교수 사이의 약조를 놓고 보더라도, 어느 한 쪽에 사정이 생길 수도 있고, 때로 변화를 주거나 새로운 시각을 찾아보자는 마음으로 서로에게 약조를 잠시 잊자는 선의의 제안을 할 수도 있었을 것이다. 하지만 둘 사이의 그와 같은 약조는 시인이 작고할 때까지 20여 년이 넘도록 흔들리지 않았다. 심지어 시인의 작고 후에 출간된 유고 시집『절두산 부활의 집』(문학세계사, 2014)을 장식하고 있는 것도 김재홍 교수의 작품론이다. 추측건대, 약조를 잊지 않고 있던 김종철 시인의 유언에 따른 것이었으리라. 시인에 대한 사랑의 마음 및 슬픔과 안타까움과 아쉬움과 그리움의 마음이 깊게 배어 있는 이 유고 시집의 작품론에서 김 교수는 마치 자신의 앞에 앉아 있거나 누워 있는 시인을 향해 대화를 나누듯 말을 이어가고 있다. 마음속으로나마 시인을 살아 숨 쉬게 하고자 하는 김 교수의 간절함을 우리는 여기서 감지할 수도 있으리라.

그렇게 해서 마지막까지 여일하게 김종철 시인이 상재한 시집들—『못에 관한 명상』,『등신불 시편』(문학수첩, 2001),『못의 귀향』,『못과 삶과 꿈』(시월, 2009),『못의 사회학』(문학수첩, 2013), 그리고 유고 시집『절두산 부활의 집』—을 장식하게 된 것이 김재홍 교수의 작품론이다. 이를 모아 놓는 경우, 아마도 그 자체가 특별한 형식과 내용의 문학 전기文學傳記로 읽힐 수도 있을 것이다. 아니, 김종철 시인의 시 세계가 어떻게 변모하고 발전해 왔는가의 여정을 확인하는 데 길잡이가 되

는 일종의 '지도'와도 같은 것일 수도 있으리라. 우리가 김재
홍 교수의 김종철 시인 작품론—그러니까 그동안 줄기차게
이어온 김종철 시인의 시 세계에 대한 논의—에 각별히 관심
을 기울이고자 하는 이유는 여기에 있다.

## 2. 김종철 시인의 시 세계에 대한 김재홍 교수의 작품론을 찾아서

김종철 시인 자신이 나에게 밝혔던 사실이기도 하지만, 김종
철 시인의 시에 대한 김재홍 교수의 작품론과 관련하여 우리
가 무엇보다 주목해야 할 사실은 김재홍 교수로 인해 김종철
시인은 '못의 시인'으로서의 자리를 정립하게 되었다는 점일
것이다. 이와 관련하여, 김 교수는 『절두산 부활의 집』에서
작고한 시인을 향해 이렇게 말을 건넨 바 있다.

> 그대에게 '못'은 과연 무엇이던가? 1990년대 초 그대가 처음 내
> 게 보여 준 것은 「못에 대하여」라는 못시 몇 편에 불과하지 않았
> 던가. 그래서 내가 못을 소재·제재·주제로 폭넓고 깊이 있게 탐
> 구하여 '못의 사회학'을 평생 완성해 갈 것을 제안하지 않았던가.
> 유난히 시인으로서 자존심이 강한 그대이면서도 나의 제안을 흔
> 쾌히 받아들여 '못의 시인'으로서 대장정을 시작했던 바, 마침내

못의 사제가 되어 하느님 나라로 떠나가게 된 것 아닌가 말이네.

　위의 인용에서 확인할 수 있듯, 김종철 시인이 "이른바 '못의 시인,' '못 전문 시인' 또는 '철물점 시인'이라는 애칭으로 불리기도 하면서 못의 시학을 천착해 온 현대시 사상 특유의 개성적이면서도 깊이 있는 철학과 예술성의 조화를 획득한 시인으로 평가되고 회자"(『못의 사회학』해설)될 수 있었던 데에는 김재홍 교수의 역할이 절대적인 것이었다.

　김종철 시인의 시집 『못에 관한 명상』에 수록된 김재홍 교수의 작품론을 살펴보면, 시인이 못에 관한 시 세계를 정립하는 데 그가 얼마만큼 절대적인 영향을 미쳤는가를 있는 그대로 짚어 볼 수 있다. "못이란 무엇이던가?"에 대한 탐구로 시작되는 김재홍 교수의 폭넓고 세심한 분석과 평가와 마주한 시인은 아마도 시인으로서 자신이 걸어야 할 미래의 길을 환하게 보았을 것이다. "자존심이 강한" 시인이 평론가의 제안을 "흔쾌히" 받아들일 수 있었던 데는 물론 김재홍 교수의 작품론에서 확인되는 진지한 분석과 따뜻한 관심과 애정이 함께했기 때문이리라. 이 작품론에서 김재홍 교수는 어떻게 김종철 시인의 작품 세계가 "못 또는 못질하는 일로써 인간의 삶을 총체적으로 비유하면서 개인적·실존적 층위, 사회적·역사적 층위, 신성사적 층위를 포괄적으로 형상화"하고 있는가에 대한 논의를 진행하고 있거니와, 그의 분석과 평가는 실로 세밀하고 촘촘하다. 그의 논의 가운데 특히 우리의 눈길을 끄는 것은 신성사적 층위에서 시도한 「고백성사—못에 관한 명상 1」에 대한 다음과 같은 분석과 평가다.

이 시의 핵심은 '못을 뽑는다'는 행위로써 드러난다. 이 시에서 못이란 무엇이고, 못을 뽑는다는 행위는 또한 무엇의 상징인가? 한마디로, 여기에서 못이란 인간의 죄업罪業을 심는 일이고, 못을 뽑는다는 것은 속죄 또는 참회를 의미한다. 그러기에 못을 뽑는다는 일은 여간 어려운 일이 아니며, 못이 뽑혀 나온 자리는 오랫동안 흉터로 남게 되는 것이 상례이다. 바로 이 지점에서 이 시의 묘미가 드러난다. 그것은 못자국이 유난히 많은 남편의 가슴을 못 본 체하는 아내의 모습으로 상징화된다. 못 뺀 자리, 흉터 많은 가슴이란, 온갖사는 일의 고달픔과 슬픔에 시달리고 욕망과 본능에 뒤채여온 한 사내의 황폐한 모습이자 보편적인 인간의 형상에 해당한다. 그것을 못 본 체하는 아내의 행위는 바로 이해와 용서의 미덕을 암시할 수 있다. 그러므로 나는 더욱 부끄러울 수밖에 없다. 이해하고 용서하는 영혼 앞에 선 죄 지은 자의 본

능적인 두려움이며 부끄러움이기 때문이다. [중략] 그러면서도 인간적인 속죄와 참회는 또다시 인간적인 한계를 지니게 된다. "아직도 뽑아내지 않은 못 하나가 / 정말 어쩔 수 없이 숨겨둔 못대가리 하나가 / 쏘옥 고개를 내밀었기 때문입니다"라는 이 시의 결구가 그것이다. [중략] 이 시는 참회하고 속죄하는 인간 영혼의 아름다움과 그 숭고함을 노래하면서도, 인간이 뜨거운 육신과 피를 지닌 점에서 끝내 인간다울 수밖에 없는 운명의식과 그 육체적 본성 또는 비극적 한계성을 섬세하게 사랑의 진실로 투시해 낸 데서 시적 성공의 포인트가 드러난다.

이처럼 다소 긴 인용을 시도하는 데 우리가 주저하지 않는 이유는 여기서 김재홍 교수가 전개하는 비평적 논의의 요체要諦를 확인할 수 있다고 믿기 때문이다. 여기서 확인되는 김재홍 교수의 분석과 평가는 김종철 시인의 이후 시 세계에 접근하는 데 하나의 안정된 길잡이 역할을 하게 되었다. 그리고 이 같은 분석과 평가에 힘입어 「고백성사—못에 관한 명상 1」이 김종철 시인의 대표작이라는 자리를 굳건히 지키게 되었던 것도 사실이다.

김재홍 교수는 꼼꼼한 분석과 평가 외에도 애정 어린 비판의 목소리도 감추지 않고 있거니와, "김 시인이 못 하나로써 새로운 정신세계를 체계 있고 깊이 있게 창조해 내는 데 성공했다고 판단하는 일은 시기상조에 속한다"는 판단과 함께, "종교성이 시성을 압도하여 시적 감동이나 재미를 감쇄하는 경우가 적지 않"음을, 또한 "체계적인 탐구의 심도가 약화되어 있고, 때로 동어반복적인 요소가 발견되며, 독자적인 표현기법이나 미학적 방법론의 확보가 다소 부족한 것으로 판단되기도 한다"는 식의 쓴소리도 아끼지 않는다. 일방적인 찬사가 오늘날 한국 평론계의 문제점 가운데 하나라는 점에서 보면, 이 같은 쓴소리는 그만큼 더 값지고 소중한 것이 아닐 수 없다.

김종철 시인의 『등신불 시편』에 수록된 김재홍 교수의 작품론 「등신불, 자유에의 길 또는 포월 의지」를 살펴보면, 앞서 시도한 '못 시'에 대한 논의의 연장선상에서 시인의 시 세계에 접근하고 있음을 확인할 수 있다. 이와 관련하여, 우리는 김재홍 교수가 "시집 『못에 관한 명상』에서 못의 철학이 이번 시집 『등신불 시편』에서 몸의 철학 또는 구멍의 철학으로 변증법적 전이를 이루고 있음을 확인"하고, 나아가 "시집 『등신불 시편』은 지난번의 시집 『못에 관한 명상』의 연장선상에 놓이며 그 각론의 성격을 지"니는 동시에 "못 하나에서 삶과 세계, 우주를 바라보기 시작하던 시인의 눈과 정신이 구체적인 형상으로 전환되기 시작한 하나의 징표에 해당한다"고 판단하고 있음을 주목할 수 있다. 여기서 확인되는 김재홍 교수의 비평적 관점을 그 자신이 사용한 표현을 빌려 말하자면, 이는 미시적인 작품 분석을 넘어서는 그 무엇, 이른바 거시적인 이해를 향한 '포월 의지'를 반영한 것으로 규정할 수 있을 것이다.

김종철 시인의 시집 『못의 귀향』에 담긴 김재홍 교수의 작품론 「못과 밥, 또는 운명의 십자가를 위하여」는 "김종철 시인이 등단 40주년을 마무리하는 시점에서, 그리고 화갑 진갑을 다 지낸 시점에서 펴내는 시집 『못의 귀향』이 갖는 의미를 살펴보기 위한 것이다. 김재홍 교수에 의하면, "『못의 귀향』은 생애사 60여 년이라는 풍상세월 속에서 이 세상 어느 곳에선가 못 박고 못에 찔리고 또 못 뽑히면서 살아왔고, 또한 오늘도 하나의 못으로 이 풍진 세상에 고달프게 서서 살아가고 있는 60소년 떠돌이 시인의 참회록"이다. 동시에 "회향回向의 지점에서 새롭게 시작되고 있는 남은 날의 삶에 대한 각고와 다짐에 대한 비장한 한 비망록으로서 의미를 지닌다"는 것이 김재홍 교수의 판단이다. 곧이어 그는 예의 꼼꼼한 작품 분석을 시도한다. 하지만 이 글에서 특히 우리의 눈길을 끄는 것은 "맺음말"을 장식하고 있는 김 교수 특유의 다음과 같은 진술이다.

그러면서 나는 확신한다. 그의 가슴속 깊이 자리 잡고 있는 가장 큰 미덕으로서의 종교적인 경건함을 말이다. 내가 그를 내 아름다운 도반의 한 사람으로서 운명적 우정을 느낀 것은 바로 그러한 그의 신앙적인 경건성과 간절함이 그의 삶과 시에 우러나오는 모습을 확인한 그때부터라고……. 나는 감히 고백한다. 시집 『못에 관한 명상』에서도 그렇지만, 그가 성당에서 기도하는 간절한 모습을 보면 문득 숨겨진 그의 진실의 참모습을 발견할 수 있으며, 경건성과 설렘을 떠올릴 수 있기 때문이라고 말이다. 그의 그런 모습을 생각하면 새삼 그와의 우정이 숙연해져 옴을 느끼곤 한다. 그렇다, 그것은 바로 지상에서의 우정이 하늘의 그것으로 더욱 이끌어 올려질 것을 소망하고 기대하는 마음 때문이라는 것을 나는 믿는다. 이 점에서 이번 시집 『못의 귀향』은 '진정한 나'로서의 귀향이면서 동시에 새로운 나, '참나'를 향한 전진의 첫 걸음임에 분명하다.

"나는 확신한다"에서 "나는 감히 고백한다"를 거쳐 "나는 믿는다"와 "분명하다"에 이르기까지, 김재홍 교수의 어조에서는 더할 수 없이 강렬한 열기와 열정이 감지된다. 김 교수가 "내 아름다운 도반의 한 사람"으로서의 시인 김종철에 대해 느끼는 "운명적 우정"은 "신앙적인 경건성과 간절함"을 간직한 시인의 "삶과 시"에 대한 김 교수 자신의 따뜻한 시선에서 비롯된 것임을 암시한다. 또한 "시집『못의 귀향』은 '진정한 나'로서의 귀향이면서 동시에 새로운 나, '참나'를 향한 전진의 첫 걸음임에 분명"함을 확신하는 것으로 마감한다.

어찌 보면, 평론가란 대상 작품을 분석하고 평가하는 선에서 그 임무를 완수하는 사람일 수도 있다. 내 나름의 표현을 동원하자면, 이른바 '머리'의 분석과 판단에 기댄 평론이 있을 수 있는 것이다. 문제는 그런 종류의 평론은 정치하지만 메마른 것이 되기 쉽다는 데 있다. 이와는 달리, 이른바 '마음'의 이끌림에 따른 느낌이나 인상印象으로 이루어진 평론도 있을 수 있다. 이 같은 평론은 감정에 호소하는 따뜻한 것이 될 수는 있으나, 대체로 모호하고 막연함 때문에 설득력을 결여할 때가 많다. 이런 관점에서 볼 때, 이상적인 평론은 차가운 '머리'와 따뜻한 '마음'이 함께할 때 가능한 것이라는 논리를 세울 수도 있거니와, 위의 인용에서 감지되는 열기와 열정은 김 교수가 단순히 '머리'에 기대어 평론 활동을 하고 있는 것이 아님을 감지케 하는 증거가 될 수도 있으리라.

아무튼, 김재홍 교수는 지난 2005년 12월 초 남산 문학의 집에서 열린 『시와시학』 지령 60호 기념행사 자리에서 '온몸으로' 김종철 시인의 「고백성사—못에 관한 명상 1」을 암송하기도 했는데, 그때 눈과 귀로 확인했던 그의 열정이 위의 인용에서 역시 감지되기도 한다. 그런 김재홍 교수의 모습은 또한 신도들 앞에서 열과 성의를 다하여 설교나 강론을 이어가는 사제司祭의 모습을 떠올리게도 한다. 정녕코, 김종철 시인을 '못의 사제'라고 한다면, 김재홍 교수는 '시를 신으로 모시는 종교'의 사제라고 해야 할 것이다.

　『못의 귀향』과 같은 해에 출간된 『못과 삶과 꿈』에도 어김없이 김재홍 교수의 작품론이 등장한다. 시선집인 『못과 삶과 꿈』의 성격에 맞춰 김 교수는 이제까지와 다른 형태의 작품론을 여기서 선보이고 있다. 물론 작품에 대한 꼼꼼한 분석을 담고 있다는 점에서 보면, 여느 평론과 다를 바 없다. 하지만 여느 평론과 달리 이 작품론에서는 시인의 시 세계 전체에 대한 "조감"을 시도하고 있다. 사실 이 작품론 속의 소제목—즉, 「재봉」과 낭만적 상상력을 위하여"·『오이도』, 떠도는 섬 또는 고독과 허무의 시학"·「줄타기」와 삶의 어려움 또는 불안한 실존 꿰뚫어 보기"·「시간 여행」, 시간 속에서 달리기 또는 시간적 존재론의 탐구"·「못에 관한 명상」,

또는 부끄러움과 잠언의 시"·「청개구리」 이야기, 삶의 등불 또는 어머니 콤플렉스"·「등신불」, 무애행과 자유에의 길 또는 증도의 시, 구도의 시"·「소녀경」, 구멍의 시학 또는 삶과 죽음의 변증법"·「못의 귀향」, 지상의 척도, 천상의 척도"—만을 훑어보더라도 김종철 시인의 시 세계에 대한 총체적이고 포괄적인 조망과 이해가 가능할 정도다. 하기야 미시적인 분석과 평가는 평론가라는 이름에 값하는 평론가라면 누구에게나 가능한 일일 수도 있다. 하지만 총체적이고 거시적인 분류와 정리 작업은 아무에게나 가능한 일이 아니다.

김종철 시인이 2013년에 출간한 『못의 사회학』은 시집의 제목부터 김재홍 교수의 영향을 감지케 한다. "못의 사회학"이라는 표현은 김재홍 교수가 『못에 관한 명상』에 수록된 작품론을 쓸 때부터 줄곧 사용해 온 것으로, 마침내 김종철 시인은 의식했든 의식하지 않았든 자신의 시집 제목에 바로 이 표현을 동원하게 된 것이다. 이와 관련하여, 김재홍 교수는 『못의 사회학』을 통해 "[못에 대한] 존재론적 탐구와 못의 시학이 하나의 못의 관계학으로 발전"하고 있음을, 또한 "자유와 평등의 정신, 죄와 참회, 용서와 사랑의 정신을 확대하고 심화하면서 [김종철 시인의] 시 세계가 구원으로 열려 가는 한 절정 또는 전환점을 보여 주고 있"음을 확인한다. 아울러, 그는

"못을 명시적으로 노래하는 방법과 그와 달리 묵시적, 암시적으로 형상화하는 방법, 그리고 두 가지를 절충하는 방식"으로 창작된 여러 유형의 시에 대한 예의 꼼꼼한 분석을 시도한다. 나아가, "못에 관한 탐구가 형태적인 측면에서뿐만 아니라 기능적인 면에서 넓고 깊게 이루어지고 있음"을 다양한 작품 분석을 통해 확인하기도 한다. 말할 것도 없이, 그 모든 정성 어린 분석의 이면에는 시인에 대한 평론가의 "기대"와 "치하와 격려의 박수"(『못에 관한 명상』 작품론 끝 부분)가 놓여 있거니와, 김재홍 교수의 분석과 평가에 힘을 실어 주는 것은 바로 여기서 감지되는 따뜻한 사랑과 우정의 마음일 것이다.

### 3. 다시 김종철 시인과 김재홍 교수의 우정을 떠올리며

김종철 시인의 유작 시집인 『절두산 부활의 집』에 수록된 김재홍 교수의 작품론인 「못의 유서遺書—못·시학·별사別詞」는 "하늘나라"로 떠난 "벗"에게 슬픔으로 가득한 이별의 말을 전하는 것으로 시작된다. 그리고 언제나 그러했듯 김 교수는 시인의 작품 세계에 대한 정성 어린 분석과 평가를 시도한다. 아무튼, 그는 이 작품론을 다음과 같은 말로 끝맺는다.

"그 누가 지음知音이라 했던가." 이 말이 의미하는 바는 무엇인가. 여기에는 약간의 설명이 요구되는데, 중국의 춘추시대에 유백아俞伯牙라는 거문고의 달인이 있었다고 한다. 그가 오랜만에 고향을 찾은 어느 날 거문고를 타고 있었는데, 종자기種子期라는 사람이 그의 거문고 연주가 무엇을 표현하는지를 정확하게 맞췄다고 한다. 말하자면, 종자기는 음악의 가락에 정통한 '지음'의 경지에 올라 있었던 것이다. 자신을 알아주는 이와 만난 유백아가 어찌 기쁘지 않았겠는가. 그리고 최고의 경지에 오른 거문고의 달인과 만난 종자기 역시 어찌 기쁘지 않았겠는가. 이에 두 사람은 의형제를 맺고 헤어졌는데, 후에 유백아가 종자기를 찾았을 때 그는 이미 이 세상 사람이 아니었다고 한다. 이에 유백아는 이제 자신의 음악을 제대로 알아줄 이가 없다는 사실에 깊은 슬픔에 잠긴 채 거문고의 줄을 끊었다고 한다. 백아절현伯牙絶絃이라는 고사성어는 이렇게 해서 탄생된 것이다.

　김재홍 교수가 "그 누가 지음이라 했던가"라는 수사적 의문을 던졌을 때, 이는 자신의 생각과 마음을 깊이 헤아리고 환하게 이해하던 "내 아름다운 도반"의 작고에 그가 얼마나 깊이 슬퍼하고 애통해하는가를 드러내기 위한 것이리라. 문제는 유백아가 거문고의 줄을 끊듯 김재홍 교수가 평론의 붓을 꺾는 것은 아닐까 하는 안타까움과 우려의 마음을 우리가 떨칠 수 없다는 데 있다.

사실 김종철 시인이 작고하고 그 이듬해인 2015년에 김재홍 교수는 김달진 문학상 수상자로 선정되었을 때 수상 소감을 통해 "근년 들어서 더욱 나태해지고 무기력해 가는 나의 삶과 문학"에 대한 아쉬움을 내비치기도 했다. 물론 나이가 들어 이제 건강이 젊을 때와 같지 않기에 하는 말이겠지만, 그럼에도 우리는 "내 아름다운 도반"이 세상을 등지자 "지음"을 잃은 슬픔과 비통함에서 김재홍 교수가 아직 벗어나지 못한 것은 아닐까 하는 염려의 마음이 드는 것도 사실이다. 바라건대, "지음"을 잃은 슬픔과 비통함에서 벗어나 그의 마음에 남아 있으나 아직 구체화하지 못한 시인 김종철의 작품 세계에 대한 글로 우리의 어두운 눈을 뜨게 해 주기를! 그리고 때마다 전에 김재홍 교수가 그러했듯 김종철 시인의 「고백성사─못에 관한 명상 1」을 우리 모두의 앞에서 열정을 담아 낭송하여 우리의 둔한 귀를 열게 해 주기를! (2018년 봄)

• 1947년 2월 18일(음력) 부산시 서구 초장동 3가 75번지에서, 김해
김씨 김재덕金載德과 경주 최씨 최이쁜崔入粉 사이 3남 1녀 중 막내로
출생.

• 1960년 부산 대신중학교 입학.

• 1963년 부산 배정고등학교에 문예 장학생으로 입학.

• 1968년 『한국일보』 신춘문예에 시 「재봉」 당선. 시인 박정만과 함께
박봉우, 황명, 강인섭, 이근배, 신세훈, 김원호, 이탄, 이가림, 권오
운, 윤상규 등이 참여한 '신춘시' 동인에 참여. 김재홍과 교우 시작.
3월 미당 서정주가 김동리에게 적극 추천하여 문예 장학 특대생으
로 서라벌예술대학 입학.

- 1970년 『서울신문』 신춘문예에 시 「바다 변주곡」 당선. 3월 입영 통지서를 받고 논산 훈련소로 입대함.

- 1971년 베트남전에 자원해 참전. 백마부대 일원으로 깜라인 만과 냐짱에 배치받음.

- 1975년 1월 진주 강씨 강봉자姜奉子와 결혼. 첫 시집 『서울의 유서』(한림출판사) 상재. 첫딸 은경 태어남. 이탄, 박제천, 강우식, 이영걸, 김원호 등과 '손과 손가락' 동인 결성.

- 1977년 둘째 딸 시내 태어남.

- 1984년 두 번째 시집 『오이도』(문학세계사) 상재. 동인 '손과 손가락'을 '시정신詩精神'으로 개명함. 정진규, 이건청, 민용태, 홍신선, 김여정, 윤석산이 새로 참여함.

- 1989년 7월 김주영, 김원일, 이근배 등과 함께 국내 문인 최초로 백두산 기행. 12월 어머니 별세.

- 1990년 세 번째 시집 『오늘이 그날이다』(청하) 상재. 제6회 윤동주문학상 본상 수상.

- 1991년 11월 도서출판 문학수첩 창사.

- 1992년 네 번째 시집 『못에 관한 명상』(시와시학) 상재. 제4회 남명문학상 본상 수상.

- 1993년 제3회 편운문학상 본상 수상.

- 1997년부터 1998년까지 평택대학교 출강.

- 1999년 이탈리아 시에나 대학교의 문고 시리즈로 영문시집 *The Floating Island* (Edition Peperkorn) 출간.

- 2000년 중앙대학교 예술대학에서 제3회 자랑스러운 문창인상 수여.

- 2001년 다섯 번째 시집 『등신불 시편』(문학수첩) 상재. 제13회 정지용문학상 수상.

- 2002년부터 2004년까지 모교인 중앙대학교 문예창작과 겸임 교수 역임.

- 2003년 봄 종합 문예 계간지 『문학수첩』 창간. 김재홍, 장경렬, 김종회, 최혜실이 초대 편집위원을 맡고, 권성우, 박혜영, 방민호, 유성호가 2대, 김신정, 서영인, 유성호, 정혜경이 3대, 고봉준, 이경재, 조연정, 허병식이 4대 편집위원을 맡음. 2009년 겨울호(통권 28호)로 휴간함.

• 2004년부터 2006년까지 경희대학교 일반대학원에서 겸임 교수 역임.

• 2005년 형 김종해와 함께 형제 시인 시집 『어머니, 우리 어머니』(문학수첩) 상재. 7월 평양에서 열린 남북작가회의에 부의장 자격으로 참석.

• 2009년 여섯 번째 시집 『못의 귀향』(시와시학) 상재. 제12회 한국가톨릭문학상 수상. 시선집 『못과 삶과 꿈』(시월)을 활판 인쇄 특장본으로 상재함.

• 2011년 봄 시전문 계간지 『시인수첩』 창간호 발간. 『문학수첩』을 이어 통권 29호로 발간. 장경렬, 구모룡, 허혜정이 초대 편집위원, 김병호가 편집장을 맡음. 2대 편집위원은 구모룡, 김병호, 문혜원, 최현식이 맡음. 한국가톨릭문인회 회장으로 추대됨. 국제펜클럽 한국본부 이사로 선임됨.

• 2012년 한국작가회의 자문위원, 한국시인협회 심의위원장 역임.

• 2013년 일곱 번째 시집 『못의 사회학』(문학수첩) 상재. 한국가톨릭문인회 창립 이후 50년 만에 첫 무크지 『한국가톨릭문학』 발간. 7월 「한국대표 명시선 100」의 하나로 『못 박는 사람』(시인생각) 상재. 제8회 박두진문학상 수상.

• 2014년 한국시인협회 회장으로 추대됨. 한국저작권협회 이사 역임.
  제12회 영랑시문학상 수상.

• 2014년 7월 5일 암 투병 끝에 67세를 일기로 세상을 떠남.

• 2014년 10월 유고 시집 『절두산 부활의 집』(문학세계사) 상재.

• 2016년 7월 2주기를 기려 『김종철 시전집』(문학수첩) 상재.

김종철 시인의 작품 세계 02

**김종철 시인의 '언어 학교'를 찾아서**

초판 1쇄 인쇄 2021년 6월 15일
초판 1쇄 발행 2021년 7월  5일

지은이 | 장경렬
발행인 | 강봉자, 김은경

펴낸곳 | (주)문학수첩
주소 | 경기도 파주시 회동길 503-1(문발동 633-4) 출판문화단지
전화 | 031-955-9088(마케팅부), 9530(편집부)
팩스 | 031-955-9066
등록 | 1991년 11월 27일 제16-482호

홈페이지 | www.moonhak.co.kr
블로그 | blog.naver.com/moonhak91
이메일 | moonhak@moonhak.co.kr

ISBN 978-89-8392-860-3  03810